W0403967

*Für alle Frauen**

ANDREA AREŽINA
SALOME MÜLLER

GENAUSO, NUR ANDERS

JUNGE FRAUEN* ERZÄHLEN VOM ERWACHSENWERDEN

MIT ZEICHNUNGEN VON FANNY ROSHANI

KEIN & ABER

Alle Rechte vorbehalten
Copyright © 2023 by Kein & Aber AG Zürich – Berlin
Cover: Maurice Ettlin
Coverillustration und Zeichnungen: Fanny Roshani
Satz: Dörlemann Satz, Lemförde
Druck und Bindung: GGP Media GmbH, Pößneck
ISBN 978-3-0369-5019-8
Auch als eBook erhältlich

www.keinundaber.ch

INHALTSVERZEICHNIS

Der Stern* weist darauf hin, dass wir unter den Begriffen »Mädchen« und »Frau« nicht einzig und allein das biologische Geschlecht verstehen, sondern auch das soziale Geschlecht. Mädchen und Frau ist, wer sich als Mädchen und Frau fühlt.

VORWORT

Was heißt es für Mädchen* heute, erwachsen zu werden? Was bedeutet es, eine Frau* zu sein?

Diese Fragen haben wir uns gestellt, als wir uns an unsere Jugend erinnerten. An Unsicherheit, an Scham. An den Druck, schlank zu sein, und an den Eifer, die beste Freundin zu beeindrucken. An die Hilflosigkeit, wenn Männer uns im Zug anstarrten und bis nach Hause verfolgten. An die Angst. Als junge Frauen* fühlten wir uns oft in Gefahr.

Heute würde es jungen Menschen anders ergehen, hoffen wir. Wir glaubten, dass sie sich selbstbestimmter und freier bewegen. Sie sind mit den sozialen Medien aufgewachsen, haben vom Hashtag #Metoo gehört und Feminismus als neue Kraft erlebt. Das Frausein wird in der Öffentlichkeit viel mehr verhandelt als damals bei uns. Wir dachten, es sei einfacher geworden, eine Frau* zu sein.

Wir haben mit jungen Frauen* in der Schweiz, Deutschland und Österreich gesprochen. Sie sind zwischen 13 und 19 Jahre alt, leben in der Stadt oder auf dem Land, machen eine Lehre, gehen in die Sekundarschule oder absolvieren das Abi, haben Wurzeln in verschiedenen Ländern. Aus den Gesprächen sind 19 Kapitel entstanden. Die Namen der jungen Frauen* haben wir aus Gründen des Persönlichkeitsschutzes anonymisiert.

Wir waren beeindruckt, wie offen die jungen Menschen von sich erzählt haben, wie reflektiert und klug. Auf die Frage, was sie an ihrem Körper schön finde, antwortete eines der Mädchen*: »Mir gefällt die Kraft, die mein Körper hat.« Sie wollte ins Schwingen gehen, ein schweizerischer Ringsport auf Sägemehl, um diese Kraft zu nutzen. Aber Mädchen* waren zum Training nicht zugelassen.

In unseren Gesprächen wurde offensichtlich, dass der Begriff LGBTQI+ für viele junge Frauen* zum festen Wortschatz gehört, dass Sexualität verschiedene Facetten kennt. Dass Geschlecht eine fluide Eigenschaft ist, wie das Gespräch mit Yuri zeigt: »Wer mit einer Vulva geboren wird, kann sich als Mann identifizieren.«

Das Koordinatensystem, in dem sich das Erwachsenwerden ereignet, ist dasselbe geblieben. Viele junge Frauen* beschreiben die Periode als »eklig«, sie fühlen sich an den Menstruationstagen »ungepflegt, nicht hygienisch, egal wie oft ich dusche«. Liv, 17 Jahre alt, unterscheidet zwischen einer Frauen*- und einer Männerwelt. In der Männerwelt herrscht viel Unwissen über den weiblichen Körper und den Zyklus. Liv erzählte von einem Mitschüler, der »komplett durch war«, als Livs Freundin während einer Schulstunde die Mens bekam und das Blut über den Stuhl auslief. Der Mitschüler sei in den Gang hinausgerannt und habe gerufen: »Laura blutet. Sie stirbt!«

Die Gespräche zeigen, dass der Leistungsdruck beim ersten Sex geblieben ist. Wir haben Camilla, 17 Jahre, gefragt, wovor sie sich beim ersten Mal gefürchtet habe. Sie sagte: »Wenn mir mein Partner sagen würde, ich hätte es mega schlecht gemacht.«

Und ähnlich hartnäckig wie der Leistungsdruck halten sich Schönheitsideale. Die jungen Frauen* wissen, woher diese Ideale kommen, wie schwer sie zu erreichen sind, was sie mit dem Körpergefühl anrichten. Und trotzdem können sich Frauen* solchen idealisierten Vorstellungen kaum entziehen.

Auch anderes ist unverändert geblieben. Olga war 14 Jahre alt, als ein fremder Mann in der Tram seine Hand auf ihre legte. Die anderen Frauen* berichten von ähnlichen Vorfällen im öffentlichen Verkehr oder auf dem Weg nach Hause. Aischa, 15 Jahre alt, hat gesehen, wie der Partner ihrer Mutter sie würgte und stieß. Noch immer lernen junge Frauen*, dass sie um ihren Körper fürchten müssen. Diese Lektion wird ihnen sehr früh erteilt. Den jungen Frauen* wird bewusst, dass ihr Körper zum Objekt wird, bevor sie verstehen, dass ihr Körper Subjekt ist. Oder sein könnte. Mit einem eigenen Begehren.

Wir hätten uns damals, als wir 15 Jahre alt waren, eine große Schwester oder Freundin gewünscht. Eine Person, die vorausgegangen wäre und uns vorbereitet hätte auf das, was kommt: das erste Mal, die erste Liebe, die ersten Krisen. Wir hätten uns eine Person gewünscht, die uns von der Innigkeit erzählt hätte, die man mit einer besten Freundin empfindet, aber auch von der Konkurrenz. Die erkannt hätte, wenn unser Freund uns kleinmacht und manipuliert. Die uns ausgeredet hätte, seine Eifersucht für Liebe zu halten.

Das vorliegende Buch, ein journalistisches Aufklärungsbuch, soll jungen Frauen* zeigen, dass sie mit ihren Fragen und Ängsten nicht allein sind. Und dass es Worte gibt für die Gefühle, die sie am liebsten für sich behalten wollen. Wir wünschen uns, im Leben einiger junger Frauen* einen kleinen Unterschied machen zu dürfen.

Andrea Arežina und Salome Müller, Mai 2023

Erste Periode

Liv (17)

»Als ich verstand, dass die Periode zum Frau*werden gehört, dachte ich: Das will ich auch.«

»Als Kind habe ich einmal in der Tasche meiner Mutter einen Tampon gefunden. Ich dachte, es sei eine Süßigkeit. Meine Mutter hat mir dann erklärt, dass Frauen* jeden Monat bluten und darum Tampons brauchen. Richtig auseinandergesetzt mit der Periode habe ich mich erst in der Schule. Die ersten Freundinnen bekamen die Periode und mussten Ausreden erfinden, warum sie beim Sport nicht mitmachen können. Manche Sportlehrer gaben in solchen Fällen ein Alternativprogramm, statt Saltos machen, sollte man um den Block rennen. Dann dachte ich: Warum soll ich um den Block rennen, wenn ich vor Schmerzen kaum stehen kann? Die Lehrer konnten sich einfach nicht in uns hineinversetzen. Ich finde es blöd, wenn man die Tage als Ausrede benutzt. Aber wenn man Schmerzen hat, soll man sagen dürfen: Ich habe meine Periode, ich kann heute nicht.

Ich war elf, als ich zum ersten Mal meine Tage bekommen habe. Eine blöde Geschichte: Wir feierten den 65. Geburtstag meiner Großmutter, ich trug ein weißes Kleidchen. Ich bekam Bauchweh. Ich dachte, das sei, weil ich zu viel gegessen hatte. Auf dem WC habe ich gemerkt, dass ich blute. Ich hatte auch einen Blutfleck auf meinem Kleid. Als ich meiner Mutter davon erzählte, löste sich in mir alles. Es war der Moment, in dem ich realisierte: Das sind meine Tage! Ich freute mich. Ich glaube, ich war ein bisschen aufgeregt und stolz. Es war etwas Neues!

Wenn man jung ist, ist die Periode auf der Checkliste. Wenn man sie bekommt, weiß man, dass man dem Erwachsensein einen Schritt näher gekommen ist. Als ich verstand, dass die Periode zum Frau*werden gehört, dachte ich: Das will ich auch. An jenem Fest meiner Großmutter merkte ich aber auch, dass die Periode mühsam sein, in einem blöden Moment kommen kann. Mit elf die Periode zu haben, ist sehr früh. Meine Mutter hat mir geholfen und gezeigt, was ich machen muss. Am Anfang habe ich Binden benutzt, weil ich mich nicht sofort getraut habe, meine Mutter zu fragen, wie ich den Tampon einführen muss. Ich war unsicher und fragte mich, ob ich durch den Tampon entjungfert werde. Ich habe lange gezögert, mit meiner Mutter darüber zu sprechen. Vielleicht hätte es geholfen, wenn sie mir von sich aus erzählt hätte, wie es mit den Tampons funktioniert.

Ich war eins der ersten Mädchen* in der Klasse, die die Tage bekommen hatten. Die anderen wollten wissen, wie sich das anfühlt, es war eine große Aufregung. Wenn dann ein weiteres Mädchen* die Periode bekam, hat sie es den anderen erzählt. Eklig fand ich die Periode nie, Blut ist etwas Natürliches. Und trotzdem, wenn man die Periode so früh bekommt wie ich, früher als viele anderen, schämt man sich irgendwie. Nicht untereinander im engsten Freundinnenkreis. Aber sobald man aus diesem Kreis rausgeht, ist es, als müssten wir etwas verstecken. Wir haben einander Tampons unter dem Pult weitergegeben, damit es die Jungen nicht mitbekommen. Ich glaube, wir dachten, die Buben fänden das gruselig. Es war auch schlimm, dem Turnlehrer zu sagen, dass man den Handstand nicht machen kann, weil man gerade blutet.

Einmal hatte eine Schulfreundin einen Blutfleck auf ihrem Stuhl. Ein Mitschüler sah es, stand auf und sagte: »Laura stirbt, sie blutet! Alles ist voller Blut!« Er ging aus dem Klassenzimmer, schrie im Gang rum. In der Pause kamen die Leute aus der Parallelklasse zu Laura und wollten wissen, was war. Sie zuckte mit den Schultern, à la: Tja.

Ich glaube, viele Jungs haben keine Ahnung, dass Frauen* bluten. Denen müsste man mal erklären, dass die Mens nichts Schlimmes ist. Wir Freundinnen achteten darauf, dass wir keine Blutflecken auf der Hose haben. Manchmal sagten wir zueinander auf der Treppe: He, kannst du schnell schauen, ob man etwas sieht? Wir schützten einander, haben eine Art Sicherheitssystem aufgebaut. Zum Beispiel entschuldigten wir eine Mitschülerin beim Sportlehrer und sagten, dass sie heute nicht mitturnen könne.

In der Männerwelt ist mir die Periode irgendwie peinlich. Meinem Vater wollte ich nicht erzählen, dass ich sie habe. Ich habe eine enge Beziehung zu meinen Eltern, meine Mutter hat meinen Vater dann eingeweiht. Das war okay für mich. Er reagierte nicht groß. Ich glaube, es kümmerte ihn nicht besonders. In der Zeit, als ich zum ersten Mal meine Mens bekommen hatte, sollte ich mit meinem Großvater allein nach New York reisen. Er hatte mir die Reise zur bestandenen Gymiprüfung geschenkt. Mein Großvater sagte meiner Mutter, durch die Blume, er wolle nicht mit mir allein in die Ferien reisen. Er wisse nicht, wie er damit umgehen solle, wenn ich die Periode bekomme. Meine Großmutter kam dann mit uns mit. Ich war froh.

Wenn ich meine Periode bekomme, fühle ich mich aufgebläht, dick. Es beginnt mit einem dumpfen Schmerz im unteren Rücken und geht über in Bauchkrämpfe. Die Krämpfe kommen in Wellen, alles zieht sich zusammen. Manchmal wird mir wegen der Bauchkrämpfe schwarz vor Augen. Manchmal wird mir sehr übel und ich muss mich übergeben. Ibuprofen hilft gegen die Schmerzen. An den ersten zwei Tagen nehme ich am Morgen eine Tablette. Wenn die Schmerzen am Nachmittag wiederkommen, nehme ich noch mal eine. Aber jeder Monat ist anders, manchmal schaffe ich es ohne Schmerzmittel, dann halte ich die Mensbeschwerden mit einer Bettflasche auf dem Bauch oder einer heißen Dusche irgendwie aus. Ich finde, die Schmerzen sind ein mega großer Verlust von Freiheit. Eigentlich habe ich keine Lust, einmal im

Monat komplett unfähig zu sein und es kaum aus dem Bett zu schaffen. Ich würde gerne zu Hause bleiben, gehe aber trotzdem zur Schule und quäle mich durch den Tag. Unsere Absenzenregeln sind sehr strikt. Ich fände es toll, wenn man bei Schmerzen daheim bleiben dürfte.

Viele sagen, es sei reinigend, wenn das Blut aus dem Körper fließt, da Giftstoffe rausgearbeitet werden. Deshalb seien Frauen* viel seltener krank als Männer. Wenn man weiß, wie der Zyklus funktioniert, dass man zum Beispiel wegen der Hormone emotionaler ist, erklärt das, wieso man sich manchmal so schlecht fühlt. Manche Jungs wollen einen beleidigen, wenn man mal schlecht drauf ist, und sagen: »Hey, hast du deine Tage?« Ich kann es nicht mehr hören. Diesen Spruch sollte man verbieten. Wieso habe ich wohl schlechte Laune? Weil du mir auf den Sack gehst, verdammt.«

GRATIS-TAMPONS UND BINDEN

Der Begriff Periodenarmut weist darauf hin, dass sich manche Menschen keine Menstruationsprodukte leisten können. Das fehlende Geld für Binden oder Tampons kann bei Betroffenen Scham auslösen. Aus diesem Grund haben verschiedene Länder Kampagnen mit dem Motto »Periodenarmut« gestartet und gefordert, dass Tampons und Binden an öffentlichen Schulen gratis sein sollen. Heute ist das in Schottland bereits der Fall, ebenfalls in Neuseeland, New York und Paris. Und immer mehr Schulen in der Schweiz, Deutschland und Österreich haben Pilotprojekte gestartet. Die ersten Ergebnisse lassen darauf hoffen, dass in diesen Ländern Menstruationsprodukte an öffentlichen Schulen kostenlos sein werden.

Freundschaft

Aischa (15)

»Irgendwann dachte ich: Meine beste Freundin ist genau wie ich. Aber ich hatte das Gefühl, dass sie die bessere Version von mir sei.«

Aischa, hast du eine beste Freundin?
Ich hatte eine beste Freundin, sie heißt Selma. Wir waren zwei Jahre eng befreundet, sind es eigentlich immer noch. Aber wir sind nicht mehr die besten Freundinnen.

Was ist passiert?
Wir waren uns sehr ähnlich, waren die ganze Zeit zusammen, haben fast alles gemeinsam gemacht. Wir gingen in dieselbe Klasse, haben nach der Schule stundenlang miteinander telefoniert. Wenn wir beieinander übernachtet haben, schliefen wir im gleichen Bett. Wir haben Kleider getauscht, zusammen gebadet, wir gingen zusammen aufs WC. Die Leute haben uns als eine Person gesehen. Wir uns auch. Irgendwann wurde es uns beiden zu viel.

Wie hat sich das gezeigt?
Es war oft so, dass ich eine Idee hatte. Zum Beispiel, meine Haare zu färben. Als ich Selma in der Schule sah und ihr davon erzählte, sagte sie: »Oh mein Gott, das wollte ich genau auch machen!« Dann hatte sie sich die Haare gefärbt, bevor ich es tun konnte. Das hat mich genervt. Aber umgekehrt war es dasselbe: Wenn Selma etwas wollte, wollte ich es auch sofort haben. Wir waren ständig zusammen, sahen gleich aus, hatten den gleichen Haarschnitt, den gleichen Nagellack. Irgendwann dachte ich: Selma ist genau wie ich. Aber ich hatte

das Gefühl, dass sie die bessere Version von mir sei. Das hat mich unglaublich gestresst.

Warum dachtest du, Selma sei die bessere Version?
Je ähnlicher wir uns geworden sind, desto mehr habe ich mich mit ihr verglichen. Wir gingen zusammen auf die Klimademos und haben darüber geredet, wer von uns weniger Plastik benutzt, wer weniger tierische Produkte isst. Wir ernährten uns dann beide vegan. Ich fing an, in Selma eine Konkurrentin zu sehen, und sie eine in mir. Bei allem hatte ich das Gefühl, ihr gelinge es besser. Es war anstrengend.

Ihr seid miteinander verwachsen.
Ja. Wenn sie nicht da war, zum Beispiel krank zu Hause blieb, habe ich mich in der Klasse verloren gefühlt. Ich hatte auch andere Freundinnen, aber ohne Selma fühlte ich mich allein. Für sie war es, glaube ich, auch so.

Von Anfang an?
Nein, erst mit der Zeit, weil wir ständig zusammen waren. Wir haben uns gegenseitig inspiriert. Und unbewusst wohl auch angestachelt. Selma hatte psychische Probleme, sie wurden immer schwerer. Ich dachte oft, ich hätte kein Recht, traurig zu sein, weil meine Sorgen im Vergleich zu Selmas so viel kleiner waren. Gleichzeitig wollte ich gleich

schwere Probleme haben wie sie, ich wollte mit ihr mithalten.

Ihr habt euch ständig gegenseitig beobachtet?
Ich habe mich von Selma beobachtet gefühlt, ja. Und manchmal habe ich ihr verschwiegen, wenn ich etwas unbedingt machen wollte, zum Beispiel meine Nägel in einer bestimmten Farbe lackieren. Ich habe es gemacht, ohne Selma vorher davon zu erzählen.

Damit Selma dir nicht zuvorkommt?
Ja. Ich glaube, dass wir uns unbewusst bekämpft haben.

Habt ihr viel gestritten?
Eigentlich nur wenig, phasenweise. Wenn wir uns stritten, gab ich früher nach, das fiel mir leichter als Selma. Wir haben auch darüber geredet, dass wir in einem Konkurrenzkampf sind. Dann sind wir zur Schulsozialarbeiterin gegangen, weil wir Hilfe brauchten.

Was hat sie euch geraten?
Sie hat uns empfohlen, weniger Zeit miteinander zu verbringen. Das haben wir versucht: Wir trafen andere Freundinnen, unternahmen Sachen ohne einander. Aber immer wenn ich ohne Selma war, sehnte ich mich nach ihr. Wir hatten beide diesen Weltschmerz, redeten über Rassismus und das

Klima und fühlten uns so ohnmächtig. Wir fühlten uns anders als die anderen. Wir wollten das auch, anders sein als die anderen. Wir fühlten uns besser als sie. Das hat uns voneinander abhängig gemacht.

Wie genau?

Wenn wir in der Schule Zweierarbeiten machen sollten, war klar, dass Selma und ich eine Zweiergruppe sind. Wir haben auch die Pausen zu zweit verbracht. Wenn sie in der Schule fehlte, wusste ich nicht, was ich machen sollte. Ich wollte mich nicht in andere bestehende Gruppen hineindrängen. Ich dachte, dass die mich nicht mögen, dass nur Selma mich mag. Aber als Selma und ich uns wieder einmal gestritten haben, wurde klar, dass wir einander nicht mehr als beste Freundinnen betrachten wollten.

Worum ging es im Streit?

Wir hatten an der Schule Theaterwoche. Als ich ihren Make-up-Stift benutzte, ging er kaputt. Selma hat auch irgendetwas gemacht, das mich getroffen hat, ich weiß es nicht mehr. Wir waren beide beleidigt. Als wir darüber reden wollten, gab es Streit. Wir entschieden, eine Pause zu machen. Selma freundete sich mit einem Mädchen aus unserer Klasse an und wurde mit ihr so eng, wie sie es vorher mit mir war. Irgendwann hat Selma weitererzählt, in wen ich mich verliebt hatte. Als ich Selma darauf angesprochen habe, stritt sie es zuerst ab. Dann sagte sie, es sei ihr rausgerutscht. Und solche Vorfälle gab es einige, und immer log Selma. Nach den Frühlingsferien kam sie nicht mehr zur Schule. Die Lehrerin sagte, dass in ihrer Familie etwas Schlimmes geschehen sei. Ich habe sie seither nicht mehr gesehen. Und doch hatte ich immer noch das Gefühl, wütend auf sie zu sein.

Du hast es verpasst, dich mit ihr auszusprechen?
In den Sommerferien haben wir miteinander telefoniert. Zwischen uns scheint jetzt alles geklärt, aber ich schaffe es nicht mehr, mit ihr befreundet zu sein. Nicht mehr so eng. Es ist sehr anstrengend mit ihr, und man weiß nie, ob sie einen gerade anlügt oder Geheimnisse weitererzählen wird.

Du würdest ihr nicht mehr vertrauen?
Ja. Ich glaube, sie hatte schon immer diese Seite, sie konnte sehr fies sein. Aber das war ich ja auch. Das ist ihre Art, und so war sie schon, als wir uns vor drei Jahren kennengelernt hatten. Ich merkte damals schon, dass sie mir nicht guttut. Aber ich kam nicht von ihr los. Ich hatte sie ja auch gern. Und ich mag sie immer noch.

Was mochtest du besonders an ihr?
Sie hat mir zugehört, hatte dieselben Interessen. Sie war meine Verbündete. Wir haben miteinander

den Beginn unserer Pubertät erlebt. Ich habe Selmas Selbstbewusstsein bewundert. Sie ist für sich eingestanden.

Mehr als du für dich?
Ja.

Was hat Selma an dir geschätzt?
Dass ich ihr zugehört habe, wenn es ihr nicht gut ging. Und sie kann nicht so gut mit fremden Menschen reden, ist eher schüchtern. Ich bin viel offener und habe für sie manchmal die Gespräche übernommen.

Was ist anders, seit ihr nicht mehr beste Freundinnen seid?
Ich fühle mich befreit. Auch die Angst vor dem Alleinsein ist kleiner geworden. Selma ist nun seit so vielen Wochen nicht mehr in der Schule, dass ich mich an ihre Abwesenheit gewöhnt habe. Ich wurde dazu gezwungen, mich mit anderen anzufreunden. Ich habe jetzt mehrere Leute um mich und nicht mehr nur eine Person, die alles erfüllen muss.

Willst du gar keine so enge Freundschaft mehr?
Nicht unbedingt. Es geht mir besser, wie es jetzt ist. Es ist möglich, jemandem auch mal abzusagen und zu Hause zu bleiben. Vorher hatte ich oft das

Gefühl, ich müsse mit Selma etwas unternehmen. Manchmal habe ich noch das Gefühl, etwas zu verpassen, wenn ich nicht dabei bin. Aber ich bin immer noch oft genug unterwegs. Viel öfter als vorher. Ich glaube, dass Selma und ich uns damals gegenseitig erpresst haben.

Wer sind deine neuen Freund:innen?
Vier, fünf Leute aus der alten Klasse. Wir sind eine Gruppe, reden selten nur zu zweit. Mir fällt es schwer, ihnen zu sagen, wenn es mir nicht gut geht. Ich sage immer erst im Nachhinein, dass ich mich nicht gut gefühlt habe. Das liegt aber nicht an ihnen, das war schon immer so.

Warum?
Ich will andere nicht belasten, sie durch meine Probleme nicht abschrecken. Ich will eine gute Stimmung nicht kaputt machen. Manchmal habe ich das Gefühl, dass meine Probleme nicht ausreichen, um im Mittelpunkt zu stehen. Ich versuche, es mit mir selbst auszumachen.

Warum sind Freundschaften wichtig?
Es ist wichtig, mit Leuten zu reden, die nicht Teil deiner Familie sind. Freunde geben dir andere Inputs, schenken dir Zeit. Und sie geben dir das Gefühl, wertvoll zu sein.

Beziehung

Elena (18)

»In den ersten drei Wochen war meine Beziehung mit Luca schön. Die elf Monate danach hat sie nur noch Energie geraubt.«

»Ich kannte Luca vom Sehen, er ging in dieselbe Schule, zwei Klassen über mir. An einem Abend traf ich ihn draußen, ich war mit Freunden unterwegs, die ihn kannten. Luca und ich redeten oberflächlich miteinander, hallo, wie gehts, was machst du so. Als ich zwei Tickets für ein Festival geschenkt bekam, habe ich ihn gefragt, ob er mit mir hingehen wolle. Er erzählte mir, dass er sich zum Elektriker ausbilden lässt, 3. Lehrjahr. Sein Vater hatte die Familie verlassen, als Luca zwei Jahre alt war. Die Mutter war früher drogenabhängig gewesen und litt noch immer an den Folgen der Sucht. Luca sagte, es könne sein, dass sie bald sterbe. Er erzählte nicht viel, aber mir wurde rasch klar, dass er Probleme hat. Er hat mir leidgetan. Ich glaube, meine Verliebtheit hat sich schnell in Sorge um ihn verwandelt. Er war mir wichtig, ich wollte ihm helfen. Ich dachte: Ich habe ein schönes Leben, eine Familie, ein Haus, alle sind gesund, und Lucas Leben geht den Bach runter? Ich wollte, dass er wieder auf die richtige Spur kommt. Es fühlte sich an, als ob ich ihn retten müsste.

Die ersten drei Wochen unserer Beziehung waren schön. Es schien, als ginge alles in eine gute Richtung. Luca hat mir morgens um halb sieben geschrieben, kurz bevor er arbeiten ging. Mit der Zeit habe ich immer mehr über ihn erfahren, Stück für Stück. Luca machte keine Ausbildung, das hatte er mir nur vorgespielt. Er hat alles vorgespielt, was in einem Leben normal gewesen wäre: morgens aufstehen, abends ins Bett gehen, Hobbys haben. Luca hat nachts Gras verkauft und bis nachmittags um drei geschlafen. Ihm gefiel es, er wollte sein restliches Leben so verbringen. Er sagte: Wenn du mit 13 Jahren 1300 Franken am Tag verdienst, indem du jemand anderem ein Säckchen mit grünem Zeug in die Hand drückst, verändert das dein Verhältnis zu Geld. Ich habe das schon verstanden, aber ich wollte, dass er einen Beruf lernt, ein normales Leben führt, an den Wochenenden Dinge mit mir unternimmt. Er wollte nichts ändern. Da fingen die Probleme an.

Luca wurde sehr eifersüchtig. Ich hatte immer Mühe, mit Mädchen* Freundschaften zu schließen. Meine Freunde waren hauptsächlich Jungs. Luca fand, Frauen* und Männer könnten nicht befreundet sein. Er behauptete, ich würde ihn betrügen. Er beschimpfte meine Freunde, schrie sie an und sagte: Verpiss dich! Wusstest du nicht, dass Elena einen Freund hat? Es kam vor, dass er sie angespuckt, bedroht, ihre Velos kaputt getreten hat. Einmal ging ich nach einem Hockeymatch etwas trinken. Eine halbe Stunde später kam Luca dazu, mit vier Freunden im Auto. Er sagte mir: Wenn du mich liebst, steigst du jetzt ein und kommst mit mir mit. Sonst verhaue ich die Jungs. Ich ging mit, weil ich nicht wollte, dass meine Freunde unter meinen Beziehungsproblemen leiden. Ich wollte verhindern, dass die Situation eskaliert und mein Freund komplett durchdreht. In dem Moment ging es nicht um mich. Die Beziehung zu Luca kostete so viel Energie. Aber ich wollte unbedingt, dass es wieder so wird wie am Anfang. Ich hielt aus.

Später habe ich Luca gesagt, dass das so nicht geht. Ich hätte das Recht, selber zu entscheiden, was ich mit wem tue. Ich sagte ihm, ich sei kein Huscheli, kein Mauerblümchen. Ich wusste schon, dass unsere Beziehung nicht normal war. Aber Luca hat es immer geschafft, dass ich mich am Ende unseres Streits schuldig fühlte und mich bei ihm entschuldigte. So war es auch, als ich herausgefunden habe, dass er mit anderen Frauen* etwas hatte. Er behauptete, dies sei eine Reaktion auf meine Untreue gewesen. Er wolle mir damit zeigen, wie es sei, wenn man dem anderen nicht trauen könne. Luca war extrem manipulativ, ich habe ihn ja gar nicht betrogen. Aber er konnte so lange auf mich einreden, dass ich das Gefühl hatte, etwas Falsches gemacht zu haben. Luca war geübt darin, er hat sein ganzes Leben so verbracht. Und bei jedem Konflikt bettelte ich darum, dass er mir verzeiht.

Es dauerte drei Monate, bis ich seine wirkliche Persönlichkeit kennenlernte. Und zehn weitere Monate, bis ich sagte, dass ich die Beziehung nicht mehr will. Davor habe ich ein paarmal versucht, Schluss zu machen. Luca hatte es nicht akzeptiert.

Er sagte: »Das schaffen wir schon. Ich habe es halt schwer im Leben, es ist nicht so einfach wie bei dir.« Ich habe immer dasselbe geantwortet: Ich sehe keine Zukunft, es braucht zu viel Energie, die Beziehung sei für mich komplett ungerecht. Wenn ich ihm zeigen konnte, dass er wirklich Scheiße gebaut hatte, nahm er sich zusammen. Das ging vielleicht zwei Tage gut, dann fing es wieder von vorne an. Einmal gingen wir für ein Wochenende in die Berge, fuhren Ski. Es sollte eine Versöhnung sein. Aber wir hatten einen großen Streit, weil er ständig am Handy war und mit anderen Frauen* schrieb. Ich wusste, dass er mich mit ihnen betrügt. Ich sprach ihn darauf an, und er sagte: »Du vertraust mir also nicht. Du hast meine Nähe nicht verdient.« Abends schwiegen wir uns an, im Bett eine Kissenwand zwischen uns. Es war nicht schön. Und trotzdem versuchte ich, eine liebenswürdige Geste zu erkennen – er war immerhin mit mir in die Berge gekommen. Ich dachte: Er gibt sich wenigstens Mühe.

Ich ging immer zu ihm zurück.

Viele verstanden nicht, warum Luca so ist, warum ich mit ihm zusammen bin und bei ihm bleibe. Ich wusste es ja selber nicht. Irgendwann habe ich aufgegeben, es zu erklären. Ich sagte den Leuten: »Solange du kein Problem damit hast und es dich nicht betrifft, müssen wir ja nicht über Luca reden. Mir ist ja auch egal, mit wem du zusammen bist.« Ich habe verstanden, dass sie sich Sorgen um mich machten. Dass sie merkten, dass es mir nicht gut ging. Ich habe es heruntergespielt und geantwortet, dass es nur jetzt gerade nicht so gut sei, aber insgesamt schon.

Tatsächlich ging es mir oft sehr beschissen. In der Schule saß ich in der vordersten Reihe, damit die anderen nicht sehen, wenn ich weine. Mir wurde das Gefühl gegeben, dass ich übertreibe, eine Dramaqueen sei. Es hieß, ich könne mich ja von ihm trennen, wenn ich wirklich wollte. Warum ich denn bei ihm bliebe, wenn ich sein Verhalten so schlimm finde? Es wurde über mich geredet. Die dumme Elena, die auf Bad Boys steht, Aufmerksamkeit sucht. Solches Zeug. Ich habe mich immer mehr zurückgezogen, mich praktisch nur noch mit Luca getroffen. Er hat mich isoliert.

Am Anfang kam Luca oft zu meiner Familie nach Hause. Er stand aber erst am Nachmittag auf, aß etwas und musste dann plötzlich gehen, weil er eine große Menge Gras verkaufen konnte. Meine Eltern hat das gekränkt. Mich auch. Ich habe ihm ein Hausverbot gegeben. Wir haben uns nur noch bei ihm zu Hause getroffen.

Meine Eltern hatten anfangs versucht, Luca zu helfen. Wir suchten einen Psychologen, weil offensichtlich war, dass Luca eine psychische Krankheit hatte. Wir gingen mit ihm aufs Sozialamt, meine

Eltern versuchten, für Luca eine Lehrstelle zu finden, sie wollten herausfinden, was ihn interessieren könnte. Mein Vater hat bald gemerkt, dass Luca daran gar nicht interessiert war. Für Luca war es bloß eine Möglichkeit, mich bei der Stange zu halten. Mein Vater sagte zu Luca, er werde sich nicht mehr kümmern. Er hielt sich raus.

Meine Mutter ließ sich von Luca um den Finger wickeln. Am Anfang versuchte ich, ihr davon zu erzählen, wie Luca mit mir umgeht. Dass er zu spät kommt, sich nicht entschuldigt, gleich wieder geht. Meine Mutter glaubte mir vieles nicht. Sie fand, Luca sei doch so ein Armer, Lieber. Sie nahm ihn in Schutz und sagte: »Stell dir mal vor, du wächst mit einer Mutter auf, die komplett mit sich selber beschäftigt ist.« Ich wusste ja, dass Lucas Mutter Probleme hat. Aber ich wollte nicht immer nur geben, geben, geben. Ich wollte auch etwas zurückbekommen.

Meine Mutter geriet in dieses Helfen, sie baute eine Mauer um Luca, gegen die ich nicht ankam. Ich hätte mir von ihr die Bestätigung gewünscht, dass Luca nicht so mit mir umgehen darf. Ich wollte von ihr hören, dass ich die Beziehung zu Luca beenden soll. Es kann doch nicht sein, dass ich mit jemandem zusammen bin, der so viel von meiner Energie braucht, dass ich keine mehr für mich habe? Aber meine Mutter wollte auch eine Mutter für Luca sein. Das hat mich sehr getroffen. Ich habe meiner Familie nichts mehr von ihm und unseren Problemen erzählt.

Luca und ich haben uns zwei-, dreimal geprügelt. Zweimal haben Nachbarn die Polizei gerufen. Luca war viel stärker als ich, aber ich habe versucht, mich körperlich zu wehren. Ich hatte ständig diese Unsicherheit: Wird er mich wieder schlagen? Mich würgen, auf den Boden stoßen? Mich als Schlampe, Nutte beschimpfen? Luca hat auch schon mein Handy kaputt gemacht, meine Schuhe aus dem Fenster geworfen, meine Kleider zerschnitten.

Ich habe all diese Vorfälle verdrängt, nie jemandem davon erzählt. Jetzt, zwei Jahre nach der Beziehung, ein Jahr nach der Trennung, kommt alles hoch, Stück für Stück. Ich denke dann: Krass, dass ich das mit mir machen ließ. Ich wurde eine Frau*, die ich nie sein wollte! Aber damals war ich in einem komplett anderen Film, ich war nicht ich selber. Ich fühlte mich dumm. Ich hatte das Gefühl, ich sei selber schuld. Und ich war allein.

Nach einem Jahr schaffte ich es, mich von Luca zu trennen. Dann fing der Terror an.

Wenn mich Freund:innen von Luca draußen sahen, zum Beispiel mit einem anderen Jungen, gaben sie Luca Bescheid. Er rief mich dann immer an. Luca hat ein großes Netz an Bekannten, wir leben in einer kleinen Stadt. Er wusste ständig, wo ich war und mit wem. Ich ging seltener raus. Nachts fuhr er mit dem Auto an unserem Haus vorbei und hupte, schrie. Er sagte seinen Freunden, sie sollen ebenfalls hupen, wenn sie bei uns vorbeifahren. Einmal klebte er all unsere Haustüren mit Leim zu. Er zertrümmerte mehrmals unser Garagentor. Einmal schickte er mir einen Ausschnitt eines Tests für Geschlechtskrankheiten. Alle Befunde waren positiv. Er schrieb: »Wegen dir bin ich krank, siehst du, du bist eine Schlampe.« Ich bekam Angst, ging sofort zum Arzt, ließ alle Tests machen, nahm vorsorglich Antibiotika. Erst eine Woche später hat Luca mir den ganzen Test zugeschickt. Es waren nicht seine Ergebnisse, sondern die seiner Bekannten. Manchmal passte Luca mich an der Bushaltestelle ab, an der ich auf dem Heimweg vorbeifahren musste. Er nahm mir das Handy weg, damit ich mit ihm rede. Er schickte von meinem Handy Sprachnachrichten an meine Freunde und drohte ihnen.

An einem Abend, Luca und ich waren fast ein Jahr getrennt, waren Freund:innen bei mir zu Besuch. Ihre Fahrräder standen draußen vor der Tür. Luca sah die Fahrräder und schrieb: »Wenn deine Freunde nicht bald weg sind, komme ich mit einem Messer.« Für mich waren solche Nachrichten normal, aber eine Freundin fing an zu weinen. Sie sagte: »Elena, das kann nicht sein. Hältst du das schon so lange aus?« Sie drängte mich, zur Polizei zu gehen. Es war das erste Mal, dass ich das Gefühl hatte, jemand hört mir zu und versteht mich.

Ich ging zur Polizei, weil ich an die anderen Frauen* dachte, die an Typen wie Luca geraten konnten. Jetzt ist Lucas Vorgeschichte in den Akten. Ich hoffe, dass der Frau* nach mir schneller geglaubt wird als mir. Es kann so schnell passieren, auch wenn man von sich selbst denkt, dass man weder naiv ist noch leicht zu manipulieren. Manchmal frage ich mich, warum Luca so war. Warum er mit mir so war. Diese Fragen sind offen, er hat sich nie bei mir entschuldigt.

Bei der Polizei wurde ich sieben Stunden einvernommen. Ich erzählte alles. Luca bekam wegen häuslicher Gewalt und Stalking eine Verfügung. Er durfte mir nicht näher als 200 Meter kommen. Ihm wurde verboten, sich in meiner Umgebung aufzuhalten, in der Nähe meiner Schule und des Ortes, wo ich trainierte. Luca hielt sich nicht daran. Jedes Mal, wenn er mir auflauerte, rief ich die Polizei an. Wenn sie 15 Minuten später kam, war Luca bereits weg.

Meine Mutter wusste davon. Aber sie sieht Luca als Kind, das zu wenig Zuneigung bekommen hat und darum kein Vertrauen zu Menschen aufgebaut hat, nicht über sich reden kann. Und sie findet, dass es mir ja gut gehe, ich stabil sei, eine intakte Familie habe. Sie dachte, ich halte das aus. Aber irgendwann konnte ich es nicht mehr aushalten.

Luca provozierte mich, indem er mir auflauerte. Ich provozierte ihn, indem ich die Polizei anrief. Es war ein ständiges Hin und Her. Als die Verfügung vor Kurzem nach vier Monaten ablief, wollte ich es einfach sein lassen.

Ich versuche, einen Mittelweg zu finden. Ich will meine Freiheit zurückhaben, die alten Kontakte wieder aufbauen, und ich will mich sicher fühlen können. Bei der Opferhilfe habe ich erfahren, was ich tun kann, wenn ich Angst habe. Ich hatte plötzlich Möglichkeiten. Soviel ich weiß, hat Luca eine neue Freundin. Ich kann jetzt rausgehen, ohne zu denken, dass er mir auflauert. Ich weiß auch viel genauer, worauf ich bei meinem nächsten Freund schaue: Fairness, Respekt, Ehrlichkeit, Wertschätzung. Einfühlungsvermögen, die Fähigkeit, sich verletzlich zu zeigen. Und Kommunikation. Luca konnte gar nicht kommunizieren. Es war, als würde ich ständig Selbstgespräche führen.

Ich realisiere erst jetzt, was in den vergangenen zwei Jahren alles passiert ist. Ich hatte zuerst Angst davor, dass all die Dinge hochkommen. Aber ich habe mich daran gewöhnt. Und ich finde es gut. Es bedeutet, dass ich jetzt heilen kann.«

GEWALT IN JUGENDLICHEN PAARBEZIEHUNGEN

Psychische und physische Gewalterfahrungen, wie sie Elena erlebt hat, sind bei Jugendlichen und jungen Erwachsenen in der Schweiz erschreckend stark verbreitet. Eine Publikation des Eidgenössischen Büros für die Gleichstellung von Frau und Mann aus dem Jahr 2020 zeigt: Zwei Drittel der jungen Frauen* und mehr als die Hälfte der jungen Männer geben an, Opfer von Gewalt in einer Paarbeziehung gewesen zu sein. Die häufigste Gewaltform ist das sogenannte Monitoring: Der Partner versucht, den Kontakt mit anderen einzuschränken und zu kontrollieren. Social Media vereinfacht den permanenten Zugriff, die Kontrolle.
In Deutschland ist Gewalt in Teenagerbeziehungen noch wenig erforscht. 2012 und 2013 wurden in Hessen 14- bis 18-jährige Schüler:innen zum Thema Gewalt in Teenagerbeziehungen befragt. 51,5 Prozent der Mädchen* und 45 Prozent der Jungen mit ersten Dating- oder Beziehungserfahrungen gaben an, dass sie mindestens einmal irgendeine Form von Grenzüberschreitung oder Gewalt erlitten haben: Kontrolle, verbale Aggression, Zwang, Drohung. 26 Prozent der Mädchen* und 12,7 Prozent der

Jungen haben sexualisierte Grenzüberschreitung oder sexualisierte Gewalt erlebt.
Der AÖF – Verein Autonome Österreichische Frauenhäuser hält fest, dass wegen fehlender Forschung davon ausgegangen werden muss, dass Gewalt in Jugendbeziehungen ähnlich verbreitet ist wie in Partnerschaften von Erwachsenen: In Österreich ist gemäß Schätzungen eine von fünf Frauen* von Gewalt durch einen männlichen Angehörigen betroffen.

Das erste Mal

Camilla (17)

»Ich hatte viele Geschichten im Kopf von Leuten, die schon Sex hatten. Vor meinem ersten Mal war ich sehr nervös.«

Wann hast du zum ersten Mal vom Begriff Jungfrau gehört?
Ich glaube, in der Schule. Unter Mitschüler:innen fragte man sich plötzlich: Bist du noch Jungfrau?

Wusstest du, was es bedeutet?
Ja, meine Mutter hatte mich früh aufgeklärt: Jungfrau ist, wer noch nie Sex hatte. Jungfrau zu sein, verbindet man mit diesem Häutchen. Was das Häutchen mit der Jungfräulichkeit zu tun hat, versteh ich aber nicht wirklich.

Wie war es für dich, als du gefragt wurdest, ob du noch Jungfrau seist?
Als ich die Frage zum ersten Mal gehört habe, war ich noch sehr jung. Die Frage hat nichts in mir ausgelöst. Später, als ich älter wurde, klang sie wie ein Angriff. In gewissen Freundeskreisen wurde es zu einem Rennen: Wer hat zuerst Sex? Wer kann den anderen zuerst davon erzählen? Jungfrau sein war etwas Negatives. Im Sinne von: Ah, du hast es noch nicht ausprobiert! Und dann kam gleich die Frage: Warum denn nicht?

Hat dich das gestresst?
Manchmal hatte ich das Gefühl, dass ich verteidigen muss, noch Jungfrau zu sein. Ich fragte mich, warum ich mir denn überhaupt Zeit lassen will. Ich fühlte mich nicht gut. Als wäre etwas falsch mit mir. Ich hab mir aber, wenn ich mich mit meinen

Freundinnen vergleiche, weniger Druck gemacht als andere.

Wie wichtig war dir das erste Mal?
Ich hatte sehr viele Erwartungen. Weil ich viele männliche Mitschüler hatte, war das Thema Sex sehr präsent. Ich habe gemerkt, dass die Jungs viel Druck empfanden, das erste Mal hinter sich zu bringen.

Hat sich dies auf dich übertragen?
Als ich das erste Mal Sex hatte, war ich überrascht, dass der Akt nicht mega toll war. Ich habe nicht besonders viel Lust empfunden. Ich glaube, ich hatte mehr erwartet, weil die Jungs so ein Ding daraus gemacht haben.

Wie habt ihr über den ersten Sex geredet?
Die Männer in meinem Freundeskreis wollten es endlich ausprobieren. Die Frauen* wollten warten und Sex haben mit einer Person, die ihnen gefällt, mit der sie sich sicher fühlen. Das erste Mal ist ein großer Schritt. Ich habe mir viele Gedanken darüber gemacht. Aber als ich einen Freund hatte und wusste, es wird bald so weit sein, dachte ich nicht mehr so sehr darüber nach. Ich wusste ja, dass ich mit meinem Freund den ersten Sex haben würde.

Wie war dein erstes Mal?
Wenn ich daran denke, dass ich mein erstes Mal mit meinem festen Freund haben konnte, war es mega schön. Mein Freund war sehr lieb. Er sagte, dass wir es so machen, wie es für mich stimmt. Ich konnte das Tempo vorgeben. Am Anfang hatte ich Schmerzen, auch später noch, sicher die ersten drei, vier Male. Ich konnte mit meinem Freund darüber reden, wir waren sehr vertraut miteinander. Darum habe ich das erste Mal als schöne Erfahrung in Erinnerung.

Hattest du zuvor eine bestimmte Vorstellung?
Ich hatte viele Geschichten in meinem Kopf von Leuten, die erzählten, wie es bei ihnen war. Manche Frauen* sagten, sie hätten mega geblutet. Ich war schon sehr nervös. Mir wurde auch von allen Seiten gesagt, wie ich mich bewegen müsse, um sexy zu sein. Was ich tun müsse, damit es meinem Freund gefällt.

Warum muss es dem Freund gefallen?
Das ist die große Frage. Im Moment lese ich das Buch *Untenrum frei* von Margarete Stokowski, da handelt ein ganzes Kapitel von dieser Frage. Ich bin in den vergangenen Tagen gedanklich in mein Sexleben eingetaucht und habe festgestellt, dass sich die Gespräche unter uns Frauen* immer um Tipps gedreht hatten, wie der Mann beispielsweise am schnellsten kommt. Keine gab dir jemals einen

Tipp, wie du kommst. Der Fokus war voll auf dem Mann. Du musstest schauen, dass es für ihn angenehm ist. Um dich ging es nicht.

Welche Tipps hatten dir die Freundinnen gegeben?
Vor Kurzem hat mir eine Kollegin einen Podcast empfohlen, in dem erklärt wird, wie du einen Blowjob machst, mit allen Details. Am besten mit zwei Händen und die Zunge in eine bestimmte Richtung bewegen – das Ganze hört sich an wie eine 10-Step-IKEA-Anleitung. Als wäre der Penis eine Maschine, bei der man die Knöpfchen der richtigen Reihenfolge nach drücken muss.

Haben dir auch deine Freunde Tipps gegeben?
Meine Freunde hatten ganz klare Vorstellungen von Sex, weil sie Pornos geschaut haben. Mir ging es ähnlich. Ich hatte auch schon Pornos geschaut, bevor ich mein erstes Mal hatte, und darum komische Vorstellungen.

Welche Vorstellungen?
Diese hunderttausend verschiedenen Stellungen, mit denen du fast schon beim Gymnastikunterricht bist. Der eine Fuß oben rechts, das andere Bein nach hinten geklappt, alles solche Dinge, bei denen du dich verbiegen musst und Angst hast, dass du es nicht hinbekommst. Dabei kann es doch die andere Person auch nicht. Es ist total unrealistisch, dass

beim ersten Mal alles gleich klappt. Aber eigentlich hat man ja Zeit, solche Sachen auszuprobieren. Etwas anderes hat mich fast noch mehr gestresst.

Was genau?
Ich hatte Angst davor, das Kondom über den Penis zu streifen. Ich wusste nicht, wie man das macht, obwohl ich mal an einer Banane geübt hatte. Alle sagten, ich müsse meinem Freund das Kondom überziehen. Hilfe! In meinem Kopf wusste ich, wie das mit dem Kondom geht, aber ich hatte diese Paranoia. Du musst das Kondom oben zuhalten, und ich hatte immer Angst, dass ich es vergessen oder seinen Penis einklemmen könnte. Das war mein Hauptstress.

Und die Frage, wann der Moment für das Kondom kommt?
Ja, wann stehst du auf, um das Kondom zu holen? Zum Glück hatte mein Freund sein erstes Mal schon gehabt und war erfahrener als ich. Er ist aufgestanden, hat das Kondom geholt, die Verpackung geöffnet, das Kondom selber übergezogen. Ich war sehr froh. Vor dem ersten Sex hatte ich die Vorstellung, dass ich das machen muss. Vielleicht hatte mir das meine Mutter gesagt. Sie dachte wohl: Kümmere lieber du dich darum, dann bist du sicher, dass das Kondom drauf ist.

Wurdest du als Frau auch vor Dingen gewarnt?
Von meinen Eltern nicht, aber andere, auch Freunde von mir, fanden, dass man sich als Mädchen* nicht zu aufreizend anziehen soll, sich nicht verschenken soll. Also keinen tiefen Ausschnitt auf einer Party tragen. Was Mädchen* halt so zu hören bekommen.

Wieso werden junge Frauen* gewarnt?
Männer, die warnen, machen sich Sorgen, weil ihnen von Frauen* schon erzählt wurde, was sie auf dem Heimweg erlebt hatten. Männer versuchen, uns Frauen* zu beschützen, indem sie sagen, was wir anziehen sollen. Wenn du als Frau* mit einem Pulli nach Hause gehst, löst es das Problem aber nicht. Nicht der tiefe Ausschnitt ist das Problem, sondern der Typ, der dich dumm anmacht. Frauen* bitten andere Frauen* oft darum, ihnen zu schreiben, wenn sie zu Hause angekommen sind. Die Angst, dass einer Frau* etwas passiert, ist immer präsent.

Wie gehst du mit dieser Angst um?
Ich habe mir oft einen großen Kapuzenpulli für den Heimweg eingepackt. Weil er wärmt, aber auch weil ich mich vom Pulli beschützt fühle. Viele Frauen* sind sich nicht bewusst, ab wann es sich um einen Übergriff handelt. Jede und jeder hat eine andere Definition davon. Als ich meinen Freundinnen einmal von einem Vorfall erzählt habe, meinte eine

Freundin, ich solle es als Kompliment sehen. Diese Antwort kommt mega oft.

Wie würdest du einen Übergriff definieren?
Ich würde sagen: Die allgemeine Grenze ist, wenn du im Intimbereich angefasst wirst. Schwieriger finde ich, diese Grenze bei verbalen Übergriffen zu definieren. Der Mann glaubt vielleicht, er habe nur geflirtet, aber die Frau* fühlte sich bedrängt.

Wie reagierst du bei verbalen Übergriffen?
Meistens reagiere ich nicht. Das finde ich aber schlimm von mir, eigentlich sollte ich was machen. Mir fehlt der Mut. Ich habe aber auch schon mal gesagt, dass der Typ mich in Ruhe lassen soll. Oder mich umgedreht und den Mann gebeten, mich nicht anzufassen. Manchmal hilft das aber nicht, und der Typ fühlt sich herausgefordert und versucht es gleich noch einmal.

Du sagtest, meistens fehle dir der Mut zu reagieren.
Ich hab Angst davor, was zurückkommen könnte. Dass der Typ mich packt, mich mega beschimpft. Das ist mir auch schon passiert. Aber wenn ich mir das jetzt überlege, finde ich das nicht mega schlimm. Ich hab mehr Angst davor, dass mich einer anfasst.

Warum?
Weil der Mann stärker ist als ich und weil ich keine fremden Hände an mir will.

Was bedeutet Sex heute für dich?
Schwierige Frage.

Hat sich das Thema Sex für dich verändert?
Ja, heute fühle ich mich beim Sex wohler. Ich hab gelernt, selbstbestimmt zu sein. Und ich habe nicht mehr das Gefühl, dass ich etwas erreichen muss. Dieses Performance-Feeling ist weg. Ich konnte mich vom Gedanken lösen, dass Sex wie ein Kunststück sei, das man gemeinsam fantastisch über die Bühne bringen muss. Heute macht mir Sex einfach Spaß.

Kann man Sex lernen?
Ja und nein. Bei Menschen, die viel Erfahrung mit Sex haben, hat man das Gefühl, die seien mega gut darin. Als wäre Sex ein Sport, bei dem es darum geht, die Technik zu können. Ich finde, Sex kann nur jeder für sich selber lernen. Ich kann lernen, was mir gefällt. Wenn der Lernprozess in diese Richtung geht, wird der Sex viel besser.

Kann man beim ersten Mal etwas falsch machen?
Ich finde nicht. Was man immer falsch machen kann, ist, wenn man dem Partner nicht zuhört.

Beim Sex ist es wichtig, zu kommunizieren. Das wissen zwar viele, aber wenn sie vom Freund gefragt werden, was sie beim Sex cool finden, können sie diese Frage nicht beantworten. Sie schämen sich.

Gibt es ein Gefühl, das nur beim Sex entsteht?
Es gibt doch den Spruch: Das fühlt sich an wie Sex. Diese Verbundenheit, die man beim Sex hat, ist einzigartig.

Wie würdest du diese Verbundenheit beschreiben?
Eine Art Nähe. Eine ähnliche Verbundenheit kann in einem Gespräch mit jemandem entstehen, wenn du seine Emotionen verstehst. Ich finde, Sex hat viel mit Vertrauen zu tun, das du für den anderen empfindest.

MYTHOS JUNGFERNHÄUTCHEN

Gibt es das Jungfernhäutchen überhaupt? Das Wort an sich sei schon irreführend, sagt Gynäkologin Dr. Jutta Pliefke von pro familia Berlin. Es gebe keine Haut und also auch kein Jungfernhäutchen. Nur wenige Frauen* bluten beim Sex. Der Grund, warum es manche doch tun, sei ein anderer: Wenn eine Person noch nie oder sehr lange keinen Sex hatte, sei der Körper wahrscheinlich nicht sehr entspannt.

Die Vorstellung des Jungfernhäutchens hält sich hartnäckig. Die Kulturwissenschaftlerin Mithu Sanyal ging in ihrem Buch *Vulva - Die Enthüllung des unsichtbaren Geschlechts* den Gründen dieses »tief verwurzelten Mythos« nach. Der Mythos ist in der Religion in der »Jungfrau Maria« zu finden, aber auch in der Medizin und Forschung. Diese ging lange davon aus, dass die weiblichen Geschlechtsorgane ausschließlich der Fortpflanzung dienen.

Schönheit

Julia (17)

»Als schön gilt, wenn die Knochen
zu sehen sind, aber nicht zu sehr.«

Julia, wie gefällt dir dein Körper?
Das kommt extrem auf den Tag an. An manchen Tagen will ich am liebsten nicht in den Spiegel schauen. Aber auch das Outfit ist wichtig. In manchen Kleidern fühle ich mich schön und selbstbewusst.

Was stört dich an deinem Äußeren?
Ich bin nicht wirklich dünn. Das ist schwierig, denn in meiner Klasse sind alle dünn. Und wenn ich in die Schule gehe, sehe ich nur, wie dünn alle sind. Wenn ich gerade keinen guten Tag habe, bin ich anfälliger. Dass andere dünn sind, zieht mich dann runter.

Weil du dich mit den anderen vergleichst?
Ja. Ich mache das nicht mal bewusst. Es passiert einfach.

Warum findest du Dünnsein schön?
Es ist vielleicht nicht schön, aber ich finde Dünnsein praktisch. Wenn man dünn ist, kann man anziehen, was man will. Die anderen Menschen finden einen schön. Man entspricht den Beauty-Standards.

Welche Schönheitsideale meinst du?
Frauen* sollen Kurven haben, aber trotzdem dünne Extremitäten.

Was bedeutet das?
Die Knochen sollten zu sehen sein, aber nicht zu sehr. Zum Beispiel darf man die Schulterknochen nicht sehen, die Schlüsselbeine schon, aber die Rippen nicht. Arme und Beine sollten dünn sein, die Brüste eher groß und rund, bei der Taille sollte es leicht schmaler werden, ein etwas üppigerer Arsch ist okay.

Warum gelten diese Proportionen als schön?
Es wurde uns so beigebracht. Von den Medien, anderen Leuten, in der Schule. Das bekommt man so mit. Die Models auf Insta sind extrem dünn, an ihnen sieht alles toll aus.

Wie denkst du über solche Schönheitsideale?
Ich finde sie nicht gut. Natürlich gibt es Leute, die dünn gebaut sind, das freut mich auch mega für die. Aber die meisten Menschen sind anders. Der dünne Körper einer Frau* übermittelt ein falsches Bild, vor allem junge Frauen* werden dadurch geprägt. Man setzt sich unter Druck, vielleicht wird man zusätzlich von der Familie unter Druck gesetzt, dünn zu sein. Aktuell wird *Plus Size* immer mehr ein Thema, aber wieso muss man es *Plus Size* nennen?

Was meinst du?
Man muss dieser Kleidergröße doch keinen besonderen Namen geben, alle Größen sollten einfach

normal sein. Ich verstehe aber, dass es noch eine Zeit lang dauern wird, bis Menschen wie ich, die nicht schlank sind, von der Gesellschaft akzeptiert werden.

Was magst du an dir?
Die verschiedenen Brauntöne meiner Augenfarbe, die langen Wimpern, meine großen Brüste, die nicht nach unten hängen, meine Nippel, die symmetrisch groß sind. Diese Details gefallen mir auch an einem schlechten Tag.

Womit haderst du an einem schlechten Tag?
Bei der Taille wird mein Körper schmaler, nachher ist er breiter, und beim Übergang von den Hüften zu den Beinen geht die Haut wieder rein und wieder raus – ich finde, es sieht komisch aus. Ich glaube, das nennt sich Cellulitis.

Bemerkst du deine Cellulitis an anderen Tagen weniger?
Ja. Ich achte bewusst nicht darauf, wenn ich mich gut fühle. Die Cellulitis sieht ja eh immer gleich aus. Wenn ich nicht darauf achte, fällt sie mir nicht auf.

Fühlst du dich weniger schön, weil du einen schlechten Tag hast? Oder hast du einen schlechten Tag, weil du dich nicht schön fühlst?

Das eine verschlimmert das andere. Wenn ich einen schlechten Tag habe, ist eh alles schlecht, ich bin noch selbstkritischer. Es geht Hand in Hand.

Willst du dem Schönheitsideal Dünnsein entsprechen?
Eine Zeit lang habe ich relativ viel Sport gemacht und darauf geschaut, was ich esse. Ich war vierzehn, fünfzehn Jahre alt und ging in die Sekundarschule. Morgens habe ich einen Smoothie getrunken, mittags und abends einen Salat gegessen. Ich ging später am Abend joggen, manchmal eine Stunde lang. Und zu Hause habe ich zwei Stunden Work-outs gemacht. Mit Youtube-Videos habe ich mir ein Work-out-Programm zusammengestellt.

Wie lange hast du das so gemacht?
Drei Monate. Danach hatte ich mein Ziel erreicht: Ich war dünn. Ich hatte 13 Kilo abgenommen und Kleidergröße 36/38 erreicht.

Du hast viel Disziplin für dein Ziel aufgebracht.
Ja, aber das könnte ich heute nicht mehr.

Warum?
Ich mache eine Lehre und habe genug zu tun. Damals war ich in der Sek, die Schule war nicht sehr anspruchsvoll, ich musste mich kaum anstrengen. Heute ist mir mein Gewicht auch nicht mehr wich-

tig. Es lohnt sich nicht, all die Arbeit aufzuwenden. Das klingt jetzt philosophisch, aber man lebt nur einmal. Und man sollte genießen, wie man ist.

Wie ging es nach den drei Monaten weiter?
Ich hatte eine Phase, in der ich ganz auf das Essen verzichtet habe. Ich habe den anderen dann gesagt, dass ich schon gegessen hätte. Und wenn ich abends die Work-outs gemacht habe, fühlte ich mich gut.

Wie hast du aus dieser negativen Spirale rausgefunden?
Ich habe nicht allein rausgefunden. Ich wurde eine Zeit stationär behandelt und bekam Antidepressiva. Da bin ich aufgegangen wie ein Ofenküchlein. Heute wiege ich wieder mehr als damals.

Was war anders, als du dein gewünschtes Gewicht erreicht hattest?
Ich konnte in jeden Laden gehen und alles anziehen. Bei H&M gibt es zwar alle Kleidergrößen, aber weil die meisten Kundinnen dünn sind, gibt es nur wenige Oversize-Größen. Meine jetzige Größe, die 42, ist schnell weg. Es ist frustrierend, wenn die Kleider beim Anprobieren nicht passen.

Du könntest die gewünschte Größe online bestellen.
Ja, aber wenn die Kleider geliefert werden und ich sie anziehe, sieht es nicht so aus, wie ich es mir vorgestellt habe.

Hast du mit Freundinnen über das Dünnsein gesprochen?
Wir haben uns miteinander verglichen, aber nicht wirklich darüber gesprochen. Ich glaube, meine Freundinnen waren mit ihren eigenen Sachen beschäftigt. Sie konnten mir keine Bestätigung geben.

Bestätigung worin?
Dass ich schön bin, wie ich bin. Als ich abgenommen hatte, bemerkten es alle. Sie reagierten sehr positiv, freuten sich für mich. Meine Patentante sagte mir, dass einer meiner Pullover anders an mir aussehe – weniger anliegend. Es sehe schön aus. Ich fragte mich, ob ich vorher also nicht schön war.

Wann hast du gemerkt: Diese Entwicklung ist gefährlich?
Ich hatte diese Nebeneffekte, weil ich kaum aß. Ständig dieses Hungerbauchweh, mir war immer übel. Ich war die ganze Zeit gereizt, hab die Leute vertrieben, weil ich grundlos wütend war. Meine Mutter hatte mich darauf hingewiesen, sie sagte mir, wie ich mich aufführe. Sie war von meinem Verhalten am stärksten betroffen. Ich fand irgend-

wann, dass ich nicht mehr gemein sein will zu den Leuten, sie nicht mehr von mir wegtreiben will.

Wie geht es dir heute?
Ich bin in einer Beziehung. Meine Freundin unterstützt mich sehr. Sie gibt mir das Gefühl, dass ich gut bin, wie ich bin. Vor ihr war es meine Mutter, die sagte, dass ich schön sei.

Und dein Vater?
Er nörgelte eher an mir rum, als dass er mir je ein Kompliment gemacht hätte. Er sagte, ich solle nicht so viel essen oder nicht schon wieder essen oder etwas anderes essen. Er kommentierte, wenn ich zugenommen hatte. Dabei ist er selber dick. Ich konnte ihn gar nicht so richtig ernst nehmen, er war ja nicht besser als ich.

Hättest du mehr Zuspruch gebraucht?
Schwer zu sagen. Vielleicht hätte ich aufmunternde Worte damals gar nicht hören wollen, nicht aufnehmen können.

Warum denkst du so?
Ich hatte immer dieses Ziel vor Augen, wie ich aussehen wollte. Und ich wollte alles tun, um dieses Ziel zu erreichen. Ich brauche allgemein eine gewisse Zeit, bis ich Dinge einsehe. Ich lasse mir nicht so gern helfen.

Magst du deinen Körper heute?
Mehr als damals. Ich würde nicht sagen, dass ich ihn vollkommen mag. Aber ich hoffe, das kommt noch, irgendwann.

INTENSIVER INSTAGRAM-KONSUM VERZERRT DAS KÖRPERBILD

Das *Wall Street Journal* publizierte im Herbst 2021 die Ergebnisse einer Facebook-Untersuchung, die geheim bleiben sollten. Hauptaussage: Instagram ist toxisch für das Körperbild vieler Teenager und junger Frauen*. 32,4 Prozent der Studienteilnehmerinnen meldeten wegen Instagram ein verschlechtertes Körperbild. Eine britische Studie mit 10 000 Jugendlichen hatte im Jahr 2019 gezeigt, dass junge Frauen* ihre psychische und physische Gesundheit gefährden, wenn sie Social Media intensiv nutzen. Grund dafür ist die ständige Beschäftigung mit dem eigenen Aussehen sowie das permanente Vergleichen mit anderen Personen. »Mädchen achten auf Gewicht, Knaben auf Muskeln« nennt sich eine Studie der Stiftung für Gesundheitsförderung Schweiz. Sie kommt zu dem Schluss, dass sich 60 Prozent der Mädchen* in der Schweiz zu dick finden. Ebenso viele haben vor ihrem 18. Lebensjahr schon eine Diät gemacht. In Deutschland fühlt sich jede zweite 15-Jährige zu dick, auch wenn sie nicht übergewichtig ist. Und in Österreich steigt das Gefühl, zu dick zu sein, beharrlich bis zur neunten Klasse: Bis zu 40 Prozent der Mädchen* finden sich in jener Stufe zu dick.

Geschlecht

Yuri (18)

»Mit meinem Körper hadere ich
am meisten – obviously.«

»Ich denke viel über meinen Körper nach. Darüber, dass ich trans bin. Ich fühle mich schon immer als Junge. Der jetzige Zustand passt für mich irgendwie nicht: Ich bin ein Mann im Körper einer Frau. Bald beginne ich eine Hormontherapie. Es beruhigt mich, dass es mit meinem Körper weitergeht, dass sich mein Zustand verändern wird. Mit den Hormonen wird es sein, als würde mein Körper die Pubertät durchmachen. Manche Leute merken schon, dass ich eigentlich ein Mann bin. Sie denken dann, ich sei noch mega jung. Ich weiß aber, dass ich anders aussehe als die anderen Männer in meinem Alter. Ich bin schmal, eher klein. Meine Hoffnung ist, dass ich durch die Hormontherapie meinem Alter entsprechend gelesen werde – als erwachsener Mann. Darauf freue ich mich sehr.

Ich treffe regelmäßig einen Psychiater. Er entscheidet, ob und wann ich die Hormontherapie machen kann. Wenn es klappt, werde ich einmal im Monat eine Spritze bekommen – vielleicht mein Leben lang. Als Erstes wird sich die Stimme verändern, dann das Fett verlagern. Frauen sind anders gebaut, runder. Mal schauen, wie sich das anfühlt. Manche Transmänner lassen sich die Gebärmutter entfernen, weil sie Östrogen produziert. Ich weiß jetzt noch nicht, wie es bei mir sein wird: ob ich solche Eingriffe vornehmen würde. Am wichtigsten ist mir, dass sich meine Figur verändert, die Rundungen verschwinden. Meine Figur gibt am meisten Hinweise darauf, welches Geschlecht ich habe.

Während des Corona-Lockdowns 2020 war ich viel in meinem Zimmer. Ich habe angefangen, über mich nachzudenken, ohne mich in Relation zu anderen Menschen zu setzen. Ich war oft in den sozialen Medien und habe gemerkt, dass ich mir meistens trans-Youtuber anschaue. Einen Künstler und Aktivisten aus New York oder einen Engländer, der Sänger werden will. Ich fragte mich, warum ich mich so stark dafür interessiere. Ich kenne weder Bücher noch Medien, die von Transsexualität handeln oder eine gute Repräsentation für uns Transmänner und -frauen* bieten. Mir fehlten Personen, mit denen ich mich identifizieren kann. Eine von hundert Personen ist trans. Würde dieser Umstand entsprechend in Filmen und Büchern abgebildet, wäre es für uns einfacher, uns als Teil der Realität zu erkennen. Als Teil der Normalität. Die Youtube-Videos haben mir geholfen, weil ich mich in den Fragen und Themen wiedererkannt habe.

An den Wochenenden blieb ich wegen der Pandemie zu Hause, ging nicht mehr aus. Wie die anderen habe ich beim Ausgehen eine Rolle gespielt, die Rolle einer Frau*: Ich war die beste Schulfreundin von Finn, der alle kennt und weiß, wo etwas läuft. Ich war der Sidekick, immer dabei. Aber ich war auch die Kleine, die kaum etwas sagt, vielleicht ab und zu einen Witz macht. Mir wurde bewusst, dass ich diese Rolle eigentlich gar nicht spielen will. Vielleicht sagte ich so wenig, weil ich eine Frau* sein musste und mich darum wie eine Frau* verhalten wollte.

Während des Lockdowns wurde mir klar, was ich schon lange weiß: Ich bin keine Frau. Das wäre mir wahrscheinlich auch ohne Lockdown klar geworden. Aber durch den Lockdown habe ich mich getraut, etwas zu ändern, weil ich genug Distanz zu meinem bisherigen Leben bekommen hatte. Ich habe meine Freund:innen und Familie einzeln darüber informiert, dass ich ein Mann bin. Meiner Schwester, sie ist zwei Jahre jünger, habe ich es zuerst gesagt. Ich glaube, sie hat es anfänglich gar nicht richtig gecheckt. Wir reden über vieles, Feminismus, queere Themen, aber bisher eher theoretisch als persönlich. Ich sagte ihr: »Ich denke, dass ich ...« Und: »Vielleicht bin ich ...« Ich war wirklich nicht ganz sicher. Es war wie eine Probezeit: Bei jeder Person, der ich gesagt habe, dass ich jetzt Yuri sei, habe ich beobachtet, wie sich das anfühlt. Jetzt, da mich alle Yuri nennen, stört es mich, wenn mich jemand mit meinem alten Namen Wanda anspricht.

Meinen Freund:innen habe ich es per Whatsapp mitgeteilt, im Sinne von: »Haha, lol!« Ich wollte die wichtige Mitteilung überspielen, wahrscheinlich, weil vieles erst real wird, wenn man den Leuten davon erzählt. Sie reagierten alle sehr süß, waren bereit, sich zu informieren und mir zuzuhören. Später sagte ich es meinen Eltern und in der Schule.

Meine Eltern brauchten länger, um es zu akzeptieren. Verständlich, sie kennen mich schon lange, und zwar als Wanda, nicht als Yuri. Sie sind auch viel älter und haben sicher unbewusst transphobe Ansichten. Oder mindestens eine klare Vorstellung davon, was normal sein soll. Meine Mutter hatte Angst davor, was ihre Freund:innen denken könnten. Aber mit denen habe ich ja nichts zu tun. Meine Eltern kannten sich mit dem Thema Transsexualität einfach nicht aus. Aber sie haben sich von Anfang an Mühe gegeben, mich zu verstehen. Ich brauchte ja selber lange, mir einzugestehen, dass ich ein Mann bin.

Die Leiterin unserer Schule war auch skeptisch und fragte: Bist du dir sicher? Das war voll nicht cool. In der Schule habe ich das Gefühl, ich müsse meine Männlichkeit performen, damit mir geglaubt wird. Es ist doch doof, beweisen zu müssen, wie ich mich fühle. Aber vielleicht denken die anderen auch gar nicht, dass ich meine Männlichkeit zeigen muss. Vielleicht denke nur ich so über mich. Meine Schule ist eine Kunstschule, an der Geschlechterrollen eigentlich nicht so fix sind, an der es sogar genderneutrale Toiletten gibt.

Als ich in der Klasse einen Vortrag über einen italienischen Text hielt und eh schon vorne stand, habe ich mitgeteilt, dass ich ab jetzt Yuri heiße und das Pronomen »er« habe. Es gab praktisch keine Reaktionen. Auf jeden Fall keine, von denen ich weiß.

Geändert hat sich seither nicht so viel. Etwas selbstsicherer bin ich geworden. Krass ist, dass ich jetzt anders von mir denke, seit ich ein Mann bin. Als Frau war ich einfach immer das Mädchen – wie in den Kinderfilmen, wo es den Gescheiten, den Sportlichen und das Mädchen* gibt. Jetzt fühlt es sich an, als würden mir die Leute eine ganze Persönlichkeit zutrauen. Weil sie mich als Mann erkennen. Vorher, als Frau, hatte ich keinen Plan, wer ich bin und was ich sein werde. Ich habe mir manchmal meine Zukunft vorgestellt, ein Studium, einen Beruf. Ich konnte mich nicht als Frau sehen, es fühlte sich nicht richtig an.

Ich könnte mir theoretisch auch als Frau eine ganze Persönlichkeit zutrauen. Habe ich es nicht getan, weil ich den Frauen* eine solche Persönlichkeit nicht zutraue? Oder tat ich es nicht, weil ich keine Frau bin? Es ist für mich immer noch schwierig zu unterscheiden: Was ist meine Identität? Und was mein verinnerlichter Sexismus? Ich war halt keine ganze Person. Etwas fehlte.

Das Jahr des Lockdowns war schlimm. Die Jahre davor waren schlimmer, weil ich noch nicht wusste, was mit mir ist. Inzwischen habe ich endlich verstanden: Mein Körper passt nicht zu mir, ich fühlte mich mit ihm nicht verbunden. Die femininen Attribute, Hüften, Brüste, meine Stimme: Sie irritieren mich. Wenn ich mich im Spiegel betrachtete, dachte ich: Ich weiß, das bin ich. Aber bin das wirklich ich? Wenn ich meine Augen schließe, sehe ich mich in einem anderen Körper, dem Körper eines Mannes. Heute geht es mir besser. Seit ich allen gesagt habe, dass ich ein Mann bin, fühle ich mich in meinem Körper besser. Wenn ich meine Tage habe, werde ich daran erinnert, dass ich körperlich noch eine Frau bin. Dann geht es mir schlecht, weil ich an all die anderen Dinge denke, die mich stören.

Ich bin trans, ich bin ein Mann, und als Feminist ist mir wichtig, dass man weiß, dass ich ein Transmann bin: Ich habe lange als Frau gelebt, das hat mich geprägt. Wenn ich die Hormontherapie mache und äußerlich mehr zum Mann werde, werde ich Leuten wahrscheinlich nur noch dann erzählen, dass ich trans bin, wenn es mir wichtig erscheint. Es ist widersprüchlich: Ich will wie ein Mann aussehen, aber eigentlich will ich nicht anders behandelt werden, als wenn ich noch eine Frau wäre. Echte Gleichberechtigung macht beim Geschlecht keinen Unterschied. Und eigentlich sollte das Geschlecht gar keine Rolle spielen.«

TRANSSEXUALITÄT

Transmenschen identifizieren sich nicht mit dem Geschlecht, das ihnen bei der Geburt zugewiesen wurde. Oder nicht nur mit diesem Geschlecht. Transmenschen werden als Mädchen* oder Junge aufgezogen und spüren irgendwann, dass das Geschlecht nicht zu ihnen passt. Dass sie sich dem anderen Geschlecht zugehörig fühlen, oder weder noch.
Es gibt weder in der Schweiz noch in Deutschland oder Österreich Statistiken, wie viele Menschen trans sind. Internationalen Schätzungen zufolge sind zwischen 0,5 und 3 Prozent der Weltbevölkerung trans.

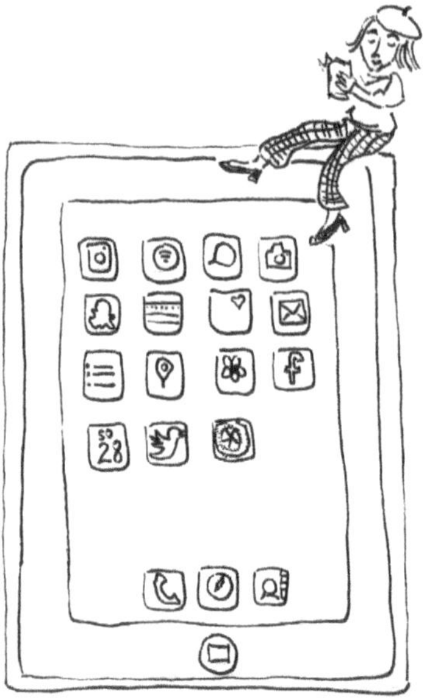

Social Media

Leticia (15)

»Seitdem ich meinen Account auf Instagram für drei Monate deaktiviert hatte, bin ich nur noch ganz, ganz wenig drauf.«

Leticia, seit wann hast du ein Handy?
Mein eigenes Handy bekam ich in der 7. Klasse, da war ich 13. Ein paar Monate davor durfte ich auf dem Handy meiner Eltern gamen, das Spiel Subway Surfers: Es geht um eine Bande von Graffitisprayern, die entdeckt und verfolgt werden. Ich spielte, wenn mir zu Hause langweilig war.

Wofür brauchst du dein Handy?
Zum Musikhören. Während des Lockdowns habe ich auch oft mit Freundinnen telefoniert.

Warum bist du auf Social Media?
Für die Unterhaltung. Wenn ich nicht lernen muss, liege ich auf dem Bett und höre Musik oder gehe auf Insta. Ich suche Ablenkung, und Insta ist die schnellste Ablenkung.

Wovon lenkst du dich ab?
Von meiner Langeweile.

Wie aktiv bist du auf Instagram?
Vor Kurzem hatte ich meinen Account deaktiviert. Ich war sicher zwei, drei Monate nicht mehr auf Insta. Jetzt bin ich ganz, ganz selten drauf. Maximal eine Stunde pro Tag. Ich schau grad in meinem Handy nach, es misst die Zeit, die ich auf den Apps verbringe: Auf Snapchat bin ich am häufigsten, etwa zwei Stunden pro Tag. Auf Tiktok war ich gestern 58 Minuten, auf Whatsapp 20 Minuten.

Whatsapp brauche ich nur für den Chat unserer Schulklasse, wie die meisten meiner Freundinnen.

Warum hattest du den Insta-Account gelöscht?
Ich habe mich aufgeregt, wie Frauen* dargestellt werden und wie sie sich selbst präsentieren. So wie man erwartet, dass sie sein sollen. Ich wollte das nicht mehr sehen, und darum habe ich den Account deaktiviert.

Was meinst du damit?
Freunde von mir haben ein bestimmtes Bild, wie eine Frau aussehen soll: Dünn, nicht größer als 1,70 Meter, kein zu rundes oder zu langes Gesicht. Auf Insta sehe ich lauter Frauen*, die genau so aussehen. Das nervt mich. Ich dachte öfters daran, die App zu löschen. Und irgendwann fand ich, dass ich es ausprobieren muss. Ich dachte: Wenn ich mich nach ein paar Tagen wieder einloggen will, kann ich das ja tun. Viele meinen, sie würden Insta brauchen. Aber eigentlich kommt man ganz easy ohne klar.

Warum hast du dich wieder eingeloggt?
Eine Freundin und ich hatten abgemacht, dass wir uns deaktivieren. Irgendwann haben Mitschülerinnen über etwas geredet, das sich auf Insta abgespielt hatte. Ein paar Tage später fand meine Freundin, dass wir uns mal wieder einloggen könn-

ten. Um zu schauen, was so auf Insta läuft. Darum sind wir auch geblieben: Wir wollen auf dem Laufenden bleiben und wissen, was auf der Welt abgeht. Ich erfahre es durch Leute, denen ich auf Instagram folge, wenn sie etwas posten. Auf Insta erfährt man schnell, was in der Welt passiert.

Zum Beispiel?
Das Video von diesem Polizisten, der mit seinem Knie einen Schwarzen Mann auf den Boden drückt und tötet. Das Video ging auf Instagram rum, so habe ich von der Bewegung Black Lives Matter erfahren. Am meisten interessiert mich gerade, was in China passiert. Dort werden Muslim:innen in Arbeitslager gesteckt.

Verhältst du dich auf Insta heute anders als vor der Deaktivierung?
Ich glaube schon. Früher postete ich ständig Neues. Das mache ich nicht mehr, ich habe wenig Onlinepräsenz, poste keine Bilder von mir. Außer bei Black Lives Matter, da war ich aktiv und hab reposted, wie man helfen kann. Auch dann noch, als der Hashtag nicht mehr im Trend war. Mir ist wichtig, dass der Rassismus nicht vergessen wird. Ich finde es schade, dass Themen komplett verschwinden, sobald niemand mehr darüber redet.

Warum verhältst du dich online eher passiv?
Ich bin eigentlich sehr schüchtern. Wenn ich draußen bin, also in der realen Welt, rede ich selten bis gar nicht. Mit der Zeit werde ich aber offener. Im Internet geht das nicht: Du bist entweder komplett offen oder gar nicht. Etwas dazwischen gibt es nicht.

Fürchtest du dich vor einer Reaktion, wenn du etwas von dir zeigst?
Ja. Man weiß ja nie. Es kann schon morgen etwas passieren.

Was meinst du damit?
Wenn ein Bild von mir lange auf meinem Insta-Account bleibt, weiß ich ja nicht, wo es sonst noch landen könnte.

Kam es vor, dass ein Bild am falschen Ort landete?
Bei mir nicht, aber eine Mitschülerin hatte es erlebt. Sie hatte ein Bild von sich auf ihrem privaten Insta-Account gepostet. Einer hat das Bild darauf in einem Whatsapp-Gruppenchat rumgeschickt. Ich weiß nicht, warum er das Bild weitergeschickt hat. Ich fand diese Aktion total blöd und respektlos meiner Kollegin gegenüber. Sie war auch genervt.

Lernst du auf Insta neue Leute kennen?
Höchstens, wenn mir jemand schreibt.

Kommt das oft vor?
Ich bekomme viele Kontaktanfragen, aber ich nehme nur jene Leute an, die ich kenne. Ich möchte fremden Leuten nicht so viel von mir preisgeben. Alle zwei, drei Monate schreibt mir eine Person, die ich nicht kenne.

Mit wem unterhältst du dich am meisten?
Mit meiner besten Schulfreundin, mit ihr bin ich konstant in Kontakt. Und mit ein paar anderen Freund:innen, mit denen ich aufgewachsen bin.

Und wem folgst du?
Oh, das muss ich schnell auf meinem Handy nachschauen ... Ich folge Freund:innen, Bekannten, meiner Mutter, meinem Onkel, meiner Tante, dem Sänger Travis Scott. 152 Menschen insgesamt. Früher bin ich mehr Stars gefolgt, aber die haben mich irgendwann genervt.

Was genau hat dich genervt?
Es wurde monoton. Wenn ich alle drei Tage dasselbe Bild sehe, bringt es ja nichts. Bei den Musikern wechsle ich oft. Früher bin ich Künstlern gefolgt, dann wechselte ich zu Künstlerinnen. Bei Männern geht es oft um Frauen*. Sie reden immer darüber, mit welcher Frau* sie Sex haben möchten. Mit der Zeit regt mich das auf.

Warum?
Frauen* werden dargestellt, als wären sie nichts wert. Als wären sie nur da, damit der Mann Sex haben kann. Das Problem ist, dass es nicht so viele gute Künstlerinnen gibt. In ein paar Wochen werde ich wahrscheinlich wieder mehr Sängern folgen. Ich habe Phasen, in denen ich bestimmten Leuten folge, Favoriten wie James Scott habe. Die Phasen dauern zwei, drei Wochen, dann interessieren mich andere Künstler mehr.

Trotz der frauen*verachtenden Texte?
Ja, wenn mir der Beat eines Liedes mir gefällt. Am liebsten habe ich aber, wenn die Beats und der Text gut sind.

MOBBING AUF SOCIAL MEDIA

Whatsapp, Youtube, Instagram: In dieser Reihenfolge nutzen junge Österreicher:innen die sozialen Medien. In der Schweiz haben praktisch alle jungen Menschen mindestens ein Profil bei Social Media, 65 Prozent nutzen Instagram mehrmals täglich. In Deutschland ist bei jungen Menschen der Hauptgrund für einen Social-Media-Kanal, sich mit Freund:innen zu verabreden. In allen drei Ländern ist Cybermobbing verbreitet, also das Belästigen, Bedrängen und Bloßstellen in den sozialen Medien. Erst fängt es in der Schule an und geht auf den sozialen Medien weiter. Fotos oder Videos werden ohne das eigene Wissen ins Internet gestellt und blitzschnell weiterverbreitet.

Zugehörigkeit

Lupi (18)

»In der Schule wurde ich wegen
meiner dunklen Hautfarbe gemobbt.
Heute heißt es, ich sei mega schön.
Wo ist da die Logik?«

»Als ich in die Primarschule ging, war ich anders als die übrigen Mädchen* und Jungen. Ich war sehr klein und sehr dunkel, ich entsprach nicht der Norm. Die anderen haben mich ausgeschlossen. Ich war oft allein, habe viel geweint. Ich wollte unbedingt sein wie die anderen. Meine beste Freundin unterstützte mich zwar. Aber manchmal wollte sie dazugehören und war genauso gemein zu mir wie alle anderen. Ich weiß nicht mehr im Detail, was sie gemacht haben. Ich glaube, ich habe vieles verdrängt. Ich habe versucht, zu Hause davon zu erzählen. Wenn ich meinen Eltern erklären wollte, was geschehen war, sagten sie, ich solle die anderen einfach ignorieren. Den Ausdruck »Mobbing« kannte ich damals nicht.

Als ich in die Oberstufe kam, hat das Mobbing plötzlich aufgehört. Später habe ich verstanden, dass es vor allem ein Mädchen war, das mich ausschließen wollte. Die anderen waren Mitläufer:innen. Das Mädchen kam in dieselbe Sekundarklasse wie ich, wir haben uns sogar ein bisschen angefreundet. Einmal haben wir über die Zeit in der Primarschule geredet. Ich habe sie im Spaß gefragt, ob sie sich daran erinnern könne, wie sie mit mir umgegangen sei. Ihre Eltern ließen sich damals scheiden, ihre Schwester hatte sich zurückgezogen und wollte nichts mehr mit ihr unternehmen. Ich glaube, sie wusste nicht, wie sie mit diesem Schmerz umgehen sollte. Und hat ihn an mir ausgelassen.

Jahre später wurde mein kleiner Bruder von einem Jungen geärgert. Mein Bruder kam manchmal bedrückt nach Hause, manchmal war er sehr wütend. Er hat mir erzählt, was los war. Ich wusste inzwischen, was Mobbing ist, und habe gedacht: Nicht schon wieder. Muss er jetzt dasselbe durchmachen wie ich? Es ist schon krass, dass die Hautfarbe ein Grund ist, jemanden auszuschließen.

An einem Nachmittag bin ich zum Lehrer meines Bruders gegangen und fragte ihn, ob er meinen Bruder nicht besser schützen könne. Der Lehrer antwortete, er werde es versuchen. Aber die Kinder würden halt machen, was sie wollen. Mein Bruder wurde ein Jahr lang gemobbt, vielleicht waren es zwei – sicher nicht so lange wie bei mir. Als der Mobber nach der dritten Klasse in eine andere Klasse kam, löste sich das Problem von selbst.

Heute sagen mir die Leute, die mich damals geärgert haben: »Ich finde deine Haut und deine Haare mega schön.« Hä? Wo ist da die Logik? Zuerst war meine Hautfarbe ein Ausschlussgrund, und jetzt werde ich dafür bewundert? Voll strange. Mir ist dieser Widerspruch erst später aufgefallen. Ich glaube, die anderen hatten früher ihre eigenen Probleme und suchten eine Person, die noch schwächer war als sie. Als kleinstes und dunkelstes Kind war ich das schwächste Glied in der Kette.

Die Zeit in der Primarschule war ein großer Brocken. Durch die Mobbing-Erfahrung habe ich aber auch viel gelernt. Grenzen ziehen, mir nicht alles gefallen lassen, Nein sagen. Ich war lange lieb und großzügig, hab mich von manchen Leuten herunterziehen lassen. Jetzt entwickle ich schneller ein Gefühl dafür, wenn mich eine Person nervt.

Wenn ich früher mit meiner Familie im Zug unterwegs war, fielen wir auf. Wir waren auf dem Weg zu traditionellen Festen, meine Mutter trug einen Sari, eine traditionelle Tracht, und ich einen traditionellen Rock und ein Oberteil. Ich spürte die Blicke der anderen und dachte, schaut doch einfach weg, bitte. Ich fühlte mich fehl am Platz. Als Ausländerin wurde ich aber nie beschimpft, beschimpft werden andere Ausländer:innen. Denen wird gesagt, dass sie nicht hierhergehören. Warum sagt man so etwas? Warum ist es so schlimm, wenn ein Mensch anders ist?

Manchmal reden Leute mit mir und sagen, Inder:innen hätten diesen komischen Akzent. Ich erkläre dann, dass ich nicht aus Indien stamme, aber ich weiß schon, was sie meinen. Wenn in der Schweiz wieder einmal über Ausländer:innen abgestimmt wird, haben wir in der Schule Diskussionen. Meine Freund:innen nehmen die Schweizer Perspektive ein, ich die Ausländerseite. Ich frage dann: Wieso wollt ihr, dass die Ausländer:innen zurück in die

Heimat gehen? Dann müsste ich auch gehen. Ich bin auch aus dem Ausland. Die Mitschüler:innen wissen nicht genau, was sie darauf antworten sollen. Ich habe so viele Geschichten von meinen Eltern mitbekommen. Ich frage die Leute, ob sie meine Familie und mich einfach so wieder zurückschicken würden? Weil der Bürgerkrieg in Sri Lanka vorbei ist? Inzwischen sind meine Eltern in der Schweiz verankert, sie sind seit 20 Jahren hier. Und dann sollen sie zurückkehren und neu beginnen? Nachdem sie sich in der Schweiz ein neues Leben aufgebaut haben? Das ist doch heavy.

Als wir in der Klasse über die Initiative zum Verhüllungsverbot redeten, fragte ich, ob ich meine traditionelle Kleidung auch nicht mehr anziehen solle. Die Leute sagten, das sei etwas anderes, ich sei nicht verhüllt. Aber es geht doch um religiöse Kleidung und nicht darum, ob man das Gesicht noch sieht. Ich glaube, wer für die Initiative gestimmt hat, hat gar keine Berührungspunkte mit Ausländer:innen. Ich frage mich, wo sich die Befürworter:innen der Initiative ihre Meinung bilden. Ich versuche, meinen Freund:innen und Mitschüler:innen eine andere Sicht zu vermitteln. Man muss sich doch in die Betroffenen einfühlen, man kann doch nicht einfach pauschal sagen, dass sie zurückgehen oder sich anders kleiden sollen.

Seit ich 18 bin, stimme ich ab. Meine Eltern haben auch den Schweizer Pass, sie haben aber nur ein- oder zweimal abgestimmt. Die Sprache ist ein Problem und der Inhalt der Abstimmungsvorlagen anspruchsvoll. Seit ich wählen und abstimmen darf, füllen wir gemeinsam die Stimmzettel aus. Ich erkläre meinen Eltern, was die Vorlage will, und sie sagen, was sie darüber denken. Manchmal verstehe ich auch nicht ganz, worum es bei der Abstimmung geht, dann lese ich nach, schaue Erklärvideos. Ich muss ja mehr wissen, als im Abstimmungsbüchlein steht, sonst kann ich die Fragen meiner Eltern nicht beantworten. Es ist anstrengend und mühsam, aber ich finde es wichtig, dass wir unsere Stimme abgeben. Manchmal ist man von einer Abstimmung ja direkt betroffen. Meine Eltern hatten 15 Jahre lang nicht abgestimmt. Ihre Stimmen haben gefehlt.

RASSISTISCH? ICH DOCH NICHT!

Immer wieder berichten Menschen, wie sie aufgrund ihrer Hautfarbe benachteiligt werden, in der Schule, bei der Arbeits- und Wohnungssuche, in der Kita. Im deutschsprachigen Raum ist die Rassismusforschung sehr jung und die Datenlage dünn. Doch Daten braucht es, um Diskriminierung zu erkennen und dagegen anzugehen. Tupoka Ogette, Trainerin für Antirassismus im deutschsprachigen Raum, schreibt, dass Rassismus tief in unserer Gesellschaft verankert sei. Aber niemand betrachte sich als rassistisch, weil für viele der Begriff Rassismus mit gewaltbereiten Rechtsextremen und Nazis verknüpft ist. Mit ihrem Buch *exit RACISM* fordert Ogette weiße Menschen auf, sich mit ihrem Rassismus auseinanderzusetzen.

Sexuelle Belästigung

Olga (14)

»Es gab Situationen, in denen ich mich als Frau* nicht wohlgefühlt habe.«

Olga, du folgst Emma Watson, weil sie sich für Frauen*rechte einsetzt. Was genau gefällt dir?
Sie setzt sich dafür ein, dass Frauen* gleichberechtigt sein sollen. Das ist nach wie vor nicht überall der Fall. Ich finde es sehr cool, dass sich Frauen* wie Emma Watson für andere Frauen* engagieren.

Wann hast du realisiert, dass Frauen* weniger Rechte haben?
Es gab diese Abstimmung über das Verhüllungsverbot im März 2021, die Diskussionen haben mich mega aufgeregt. Ich finde es unfair, dass es immer noch Männer gibt, die denken, dass sie mehr machen dürfen, nur weil sie Männer sind. Zum Beispiel den Frauen* sagen, wie sie sich anziehen sollen.

Hast du Situationen erlebt, in denen du dich als Frau ungerecht behandelt gefühlt hast?
Ich habe sehr viele Filme geschaut, die sich mit Gleichberechtigung auseinandersetzen. Ich bin aber noch nie so richtig sexuell belästigt worden.

Was heißt »nie so richtig«?
Es gab Situationen, in denen ich mich als Frau nicht wohlgefühlt habe. Einmal bin ich mit meiner kleineren Schwester im Bus zu meinem Vater gefahren, ich weiß nicht mehr, wie alt ich war. Mein Vater wohnt in der Nähe eines Fußballstadions, an dem Abend fand ein Fußballspiel statt. Ich hielt

mich im Bus an einer Stange fest. Plötzlich hat ein Mann begonnen, meine Hand zu streicheln.

Wie hast du reagiert?
Ich konnte mich nicht wehren, ich war in einem Schockzustand. Der Mann war vielleicht so alt wie mein Vater, er streichelte meine Hand mehrere Haltestellen lang. Ich spürte, dass er mich anschaute. Als unsere Station kam, bin ich mit meiner Schwester ausgestiegen.

Gab es andere Leute im Bus?
Es war mega voll und eng. Ich weiß nicht, ob es jemand mitbekommen hat. Ich habe es zu Hause meinem Vater erzählt, er hat sich mega aufgeregt. Aber der Mann war ja weg. Ich weiß auch gar nicht, warum ich nicht einfach meine Hand weggezogen habe oder weggegangen bin. Es ging einfach nicht.

Wie ging es dir, als du aus dem Bus ausgestiegen bist?
Ich musste weinen und habe meiner Schwester erzählt, was gerade passiert war. Seither hat mich kein Fremder mehr berührt. Aber es passiert öfters, dass mir jemand hinterherschaut oder nachpfeift, das schon.

Kennst du den Begriff Catcalls?
Ja, ich habe davon gehört. Nachpfeifen, Dinge zurufen, Belästigen. Ich glaube, Männer erleben das

weniger. Es sind ja hauptsächlich Männer, die solche Dinge machen.

Warum, denkst du, ist das so?
Männer werden als stärker angesehen. Meistens fühlen sie sich auch besser als Frauen*. Als mir das im Bus passiert ist, war ich ein kleines Mädchen und er ein alter Mann. Heute denke ich: Es war ja nur meine Hand. Ich glaube, dass mega viele Frauen* solche Dinge erleben, sie geschehen einfach. Und meistens kommt man als Frau* ja auch davon. Das Problem ist nur, dass man auf solche Situationen nicht vorbereitet ist. Ich weiß nicht, ob ich es beim nächsten Mal schaffen würde, meine Hand wegzuziehen. Oder ob ich wieder erstarre.

SEXUELLE BELÄSTIGUNG IST ALLTAG

Sexuelle Belästigungen und sexuelle Übergriffe sind im öffentlichen Raum weit verbreitet. Gemäß einer deutschen Studie des Instituts für Angewandte Sexualwissenschaft und der Hochschule Merseburg aus dem Jahr 2020 haben 89 Prozent der befragten Frauen* angegeben, schon mindestens einmal sexuell belästigt worden zu sein. Bei Personen mit der Geschlechtsidentität Divers waren es 88 Prozent, bei den männlichen Befragten waren es 29 Prozent. In einer Befragung aus dem Jahr 2019, die von Amnesty International und dem Forschungsinstitut GFS Bern in der Schweiz durchgeführt wurde, gaben 59 Prozent der Frauen* an, schon einmal unerwünscht berührt, geküsst oder umarmt worden zu sein. 56 Prozent sagten, sexuell suggestive Kommentare und Witze gehört zu haben. 54 Prozent fühlten sich »unangemessenem Anstarren« ausgesetzt, das sie eingeschüchtert habe. Jüngere Frauen* erfuhren vor allem auf den sozialen Medien spezifische Formen von Belästigung: 61 Prozent der 16- bis 39-Jährigen gaben an, mit aufdringlichen Kommentaren über ihre körperliche Erscheinung beleidigt worden zu sein. 57 Prozent der bis 29-Jährigen erhielten auf Onlinekanälen sexuell eindeutige

Nachrichten. Eine Onlinebefragung in Österreich aus dem Jahr 2018 ergab, dass eine von drei Frauen* innerhalb des vergangenen Jahres mindestens einmal Onlinegewalt erlebt hat. Bei den 15- bis 18-Jährigen waren es 63 Prozent. Mädchen* sind laut einer weiteren Studie desselben Jahres dreimal häufiger von sexueller Belästigung im Netz betroffen als Jungen.

Häusliche Gewalt

Fabienne (15)

»Ich hatte mega Angst, dass der
Ex-Freund meiner Mutter zurückkommt
und uns etwas antut.«

»Es war ein Tag im Sommer. Meine Mutter und mein Bruder waren im Schwimmbad. Ich ging mit Sara nach, sie ist die Tochter von Anton, dem damaligen Freund meiner Mutter. Gegen 17 Uhr fuhren Sara und ich mit dem Fahrrad ins Spital, weil wir den Vater von Anton besuchen wollten, er hatte Krebs. Anton fuhr mit dem Auto zum Spital. Als wir uns dort trafen, war Anton schon mega komisch, er wollte nicht ins Spital hineinkommen. Als er ausstieg, schwankte er. Er sagte, er brauche noch einen Moment, und setzte sich wieder ins Auto.

Als wir Kinder nach einer Weile aus dem Spital kamen, holten Sara und ich unsere Räder. Als wir losfuhren, sahen wir Anton auf dem Parkplatz. Die Polizei war auch da. Sie sagte, Anton sei alkoholisiert Auto gefahren, registrierte seine Daten und nahm ihn mit auf die Polizeiwache.

Sara und ich fuhren zum Haus von Anton, wo meine Mutter wartete. Wir erzählten ihr, dass die Polizei Anton mitgenommen hätte. Meine Mutter sagte, dass wir unsere Sachen packen und gehen sollen – wir waren ein paar Tage bei Anton zu Besuch. Aber ich wollte auf Anton warten und mit ihm zusammen zu Abend essen. Die Polizei brachte ihn später an diesem Abend nach Hause. Wir erfuhren, dass er einen Autounfall gehabt hatte, weil er betrunken war. Er war in einen Pfosten gefahren.

Als Anton kam, waren unsere Koffer gepackt, sie standen beim Hauseingang. Anton sah die Koffer. Meine Mutter sagte, dass seine Tochter und sein Sohn mit uns nach Zürich kämen. Sie wollten von hier weg.

Anton tickte völlig aus, er fing an, unsere Koffer rumzuschmeißen, er brüllte: »Jetzt lasst ihr mich wieder im Stich! Mein Vater liegt im Sterben!« Wir bekamen Angst. Ich ging hinter das Haus und versuchte, meinen Vater zu erreichen. Zuerst nahm er das Telefon nicht ab, dann rief er mich zurück. Ich erzählte ihm, was passiert war. Plötzlich fing Sara an zu schreien. Ich ging ums Haus und sah, wie Anton meine Mutter würgte. Sara stand daneben, sie versuchte, ihren Vater am Arm wegzuziehen. Meine Mutter wehrte sich, fasste ihm in die Augen. Dann schubste er sie.

Ich rannte zu den Nachbarn im Haus nebenan. Ich bat sie, die Polizei zu rufen. Aber sie fand, es sei nicht nötig, die Polizei zu holen. Meine Mutter erfuhr von dieser Reaktion der Nachbarn erst, als sie drei Monate nach dem Vorfall ins Haus zurückkehrte und unsere restlichen Sachen holte. Sie sprach mit den Nachbarn. Sie erklärten, sie seien von einem normalen Streit ausgegangen. Bei uns sei es ja öfter laut gewesen. Ich glaube, in diesem kleinen Dorf mischt man sich nicht in die Angelegenheiten anderer ein.

Meine Mutter schaffte es an jenem Abend, sich von Anton zu befreien. Im Wohnzimmer rief sie die Polizei an und erzählte, was passiert war. Anton wurde sehr ruhig, wahrscheinlich realisierte er, dass er handgreiflich geworden war. Wir Kinder sind zum Auto gegangen, Anton folgte uns und sagte die ganze Zeit, sein Vater liege im Sterben.

Die Polizei war bald da und befragte uns. Meine Mutter, mein Bruder, Sara und ich fuhren dann mit dem Zug nach Zürich, zu uns nach Hause.

Bis zu diesem Tag hat Anton meine Mutter noch nie geschlagen. Aber er war Alkoholiker. Anton hatte es meiner Mutter erst erzählt, als sie schon drei Jahre zusammen waren. Er konnte es ziemlich gut verstecken. Einmal beichtete er ihr, dass er sie betrogen habe. Sie fragte, was hast du sonst noch zu beichten? Er antwortete: Ich bin trockener Alkoholiker. Ich glaube schon, dass das schwierig war für sie. Aber sie dachte, er habe es im Griff.

Meine Mutter erzählte mir später, dass sie manchmal Respekt vor Anton gehabt hätte, aber keine Angst. Im Alkoholrausch wurde er plötzlich anders. Da hat man schon gemerkt, dass etwas ist. Ich habe erst ein paar Wochen vor jenem Abend im Sommer erfahren, dass Anton Alkoholiker ist. Ich glaube, meine Mutter wollte mich schützen, deshalb hatte sie es mir nicht erzählt.

Seit ich erfahren habe, dass Anton Alkoholiker ist, hat es mein Bild von ihm kaputt gemacht. Ich hätte das nie von ihm gedacht. Er nahm das Medikament Antabus. Alkoholiker bekommen es in der Übergangsphase verschrieben. Wenn man es morgens einnimmt und Alkohol trinkt, wird einem ganz schlecht. Anton hat das Medikament normalerweise eingenommen. Nicht aber an jenem Tag im Sommer.

Als wir nach dem Vorfall in Zürich ankamen, warteten mein Vater und die Mutter meiner Halbgeschwister am Bahnhof. Meine Halbgeschwister gingen mit ihrer Mutter nach Hause. Meine Mutter, mein Bruder und ich fuhren zu uns. Später in der Nacht wachte meine Mutter auf. Ich hörte, dass sie aufgestanden war. Ich ging zu ihr. Sie schaute durch das Guckloch. Anton stand vor der Tür. Er dachte, dass seine Tochter und sein Sohn auch hier wären.

Meine Mutter rief die Polizei an, sie flüsterte, weil sie nicht wollte, dass Anton sie hört. Sie war in Panik. Die Polizei erschien innerhalb von vielleicht zehn Minuten, da war Anton weg. Die Polizei stand in unserer Wohnung, und ich erzählte, was geschehen war. Die beiden Polizisten sagten, vielleicht sei Anton noch irgendwo hier. Der eine Polizist schaute im Estrich und im Keller nach, der andere blieb bei uns.

In dieser Nacht gingen wir in ein Hotel, weil wir uns daheim nicht sicher fühlten. Die Polizei sagte, wir sollen ein Taxi rufen, aber meine Mutter hatte Angst, dass Anton uns folgen würde. Die Polizei fuhr uns im Polizeiauto ins Hotel.

Auch später noch hatte ich mega Angst, dass Anton kommt und uns etwas antut. Er hatte einen Schlüssel zu unserer Wohnung. Immer, wenn ich ein Geräusch hörte, dachte ich, Anton sei wieder da. Obwohl die Polizei ihm dann unseren Wohnungsschlüssel weggenommen hatte, blieb die Angst.

Mein Bruder und ich gingen am nächsten Tag zu meinem Vater. Meine Mutter erstattete bei der Polizei Anzeige wegen Körperverletzung. Sie hatte die Schürfungen am Arm fotografiert, als wir im Zug nach Zürich saßen.

Meine Mutter hat Anton nach jenem Tag verlassen. Sie hatte sich geschworen: Wenn er handgreiflich wird, bin ich weg. Ich glaube, sie hat irgendwie geahnt, dass es einmal so weit kommen könnte. Anton hat ihr nach dem Vorfall in einer SMS geschrieben, dass er sie vermisse, dass sie zurückkommen solle. Meine Mutter hat ihn blockiert. Dann hat er sie ebenfalls wegen Körperverletzung angezeigt.

Bald darauf ging Anton in die Entzugsklinik. Am Anfang fühlte sich meine Mutter mega scheiße.

Jetzt ist sie froh, dass sie nicht mehr mit ihm zusammen ist. Nachdem es passiert war, redete ich viel mit meiner Mutter darüber, mit meinem Vater, mit meinen Freund:innen, mit meiner Psychologin. Ich konnte nicht verstehen, was passiert war. Warum trank er an jenem Tag Alkohol? Und warum hat er Gegenanzeige erstattet? Heute denke ich: Das war eine Trotzreaktion.

Am Anfang hatte meine Mutter das Bedürfnis, über jenen Abend zu reden, die Gewalt, die Angst. Nach ein paar Monaten kam es eher von mir aus. Eine Zeit lang achtete ich darauf, welche Männer Alkohol trinken, ich ging alkoholisierten Männern aus dem Weg. Ich hatte Angst vor ihnen. Nach diesem Tag hat mich Alkohol abgestoßen. Und angewidert.

Ich habe den Vorfall so oft erzählt, dass ich die Erzählung auswendig kann.

Meine Freundinnen reagierten betroffen. Aber mein Großvater, der Vater meiner Mutter, fand, sie hätte gar nicht erst mit Anton zusammenkommen sollen. Sie hätte ja gewusst, dass er Alkoholiker sei. Vielleicht hätte sich meine Mutter nur eingebildet, dass Anton vor der Türe stand. Mein Großvater schrieb Anton, lud ihn ein und sagte, er könne immer mit ihm reden. Er hatte Mitleid, und er mochte Anton. Ich verteidigte meine Mutter und sagte, dass ich mit eigenen Augen gesehen hätte, wie

Anton sie würgte. Und dass man aufhören solle, ihr das eigene Erleben abzusprechen. Ich glaube, Leute wie mein Großvater dachten, meine Mutter hätte das Verhalten von Anton provoziert.

Anton hat seinen Kindern einen siebenseitigen Entschuldigungsbrief geschrieben. Auf den ersten beiden Seiten entschuldigte er sich, auf den restlichen fünf Seiten bemitleidete er sich selber. Mit seiner Tochter hat er keinen Kontakt mehr, ihr Verhältnis war vorher schon schwierig. Immer mäkelte er an ihr rum, manchmal sagte er zu ihr, sie solle nicht wie eine Prostituierte rumlaufen. Zu mir war er okay. Er stichelte, weil ich Vegetarierin bin, meine Mutter hat mich aber immer verteidigt. Sie kam mit Anton zusammen, als ich sieben Jahre alt war. Er war ein Teil meines Lebens. Gegen Ende ihrer Beziehung habe ich ihn schon gern gehabt. Bei meiner Mutter, meinem Bruder und mir hat sich Anton nie für seine Tat entschuldigt.

Das ist jetzt mehr als ein Jahr her. Meine Mutter wollte die Anzeige zurückziehen, weil sie so lange nicht bearbeitet wurde. Ihre Anwältin wird nun dem Anwalt von Anton schreiben und den Vorschlag machen, dass beide die Anzeige zurückziehen.«

WENN DER VATER DIE MUTTER BEDROHT

Häusliche Gewalt ist weit verbreitet. Frauen* sind häufiger Opfer solcher Gewalt als Männer. In Deutschland haben gemäß Bundesministerium für Familie, Senioren, Frauen und Jugend (BMFSJ) 40 Prozent der Frauen* seit ihrem 16. Lebensjahr körperliche und/oder sexualisierte Gewalt erlebt. 42 Prozent waren von psychischer Gewalt betroffen. Das Österreichische Institut Familienforschung hat 2011 eine Studie veröffentlicht, wonach ein Drittel aller Frauen* sexuelle Gewalt erfahren hat. Jede vierte Betroffene erlebte eine Vergewaltigung, jede dritte eine versuchte Vergewaltigung, jede zweite Betroffene wurde zu sexuellen Handlingen genötigt. Der am häufigsten genannte Ort, wo die Frauen* sexuelle Gewalt erfahren haben, war ihr Zuhause.

In der Schweiz betrug im Jahr 2019 der Frauen*-anteil unter den gewaltbetroffenen Personen 71,9 Prozent. In den häufigsten Fällen sind die Partner oder Ex-Partner die Gewalttäter. Im Durchschnitt stirbt alle zweieinhalb Wochen eine Frau* an den Folgen eines Übergriffs.

Glauben

Anna (15)

»Ich finde meine Religion sehr schön,
aber ich habe öfters eine Krise
mit dem Glauben.«

Anna, bist du gläubig?
Ja.

Bist du religiös aufgewachsen?
Ich wurde katholisch erzogen.

Wie war das?
Strenger, als wenn man ohne Glauben aufwächst. Eine Freundin von mir ist halb Österreicherin, halb Deutsche, und ihre Eltern sind nicht religiös. Als wir klein waren, habe ich keinen Unterschied zwischen uns bemerkt.

Aber es gibt einen Unterschied?
Als ich mir vor drei Monaten ein Nasenpiercing stechen lassen wollte, war mein Vater dagegen. Er sagte, das gehe wegen der Religion nicht. Der Körper sei ein Tempel, und mit einem Piercing würde ich meinen Körper zerstören. So denkt mein Vater auch über Tattoos und Rauchen.

Willst du das Piercing trotzdem stechen lassen?
Ja, ich will schon so lange ein Piercing. Ich werde versuchen, meinen Vater zu überzeugen. Es ist nur ein klitzekleines Loch in der Nase. Mein Vater zerstört seinen Körper ja auch: Er raucht schon sein ganzes Leben.

Warum soll für dich gelten, was für ihn nicht gilt?
Ich glaube, mein Vater will mich beschützen. Das Piercing, das Rauchen sind in meiner Religion Sünden. Mein Vater will mich davon abhalten, eine Sünde zu begehen. Auch darum habe ich öfter eine Krise mit dem Glauben.

Wie meinst du das?
Meistens glaube ich an meine Religion, ich finde sie ja sehr schön. Aber manchmal, wenn in meinem Leben nichts nach Plan läuft, beispielsweise es meiner Familie und mir längere Zeit nicht gut geht, bin ich enttäuscht von Gott. Ich versuche, nicht an Gott zu zweifeln. Gestern zum Beispiel war ich in der Kirche, um die Bindung zu Gott zu suchen. Aber da war keine.

Warum nicht?
Ich glaube zu hundert Prozent an Gott. Was wir in unserem Leben machen, ist für ihn, weil wir nur dann in den Himmel kommen und ihn sehen dürfen. Aber ich will auch Dinge ausprobieren, einmal eine Zigarette rauchen, bauchfreie Tops anziehen, mit meinen Freund:innen abends spät rausgehen, Alkohol trinken. Ich habe Lust darauf, auch wenn man diese Dinge eigentlich nicht tun sollte. Es gibt so viele Sünden!

Was ist im Christentum alles verboten?
Schimpfen, Lügen, sich freizügig zeigen, Sex vor der Ehe. »Oh mein Gott« zu sagen, ist auch eine Sünde. Das habe ich erst vor zwei Wochen erfahren, in einem Video auf Tiktok.

Fällt es dir schwer, dich an all diese Regeln zu halten?
Das »Oh mein Gott« ist im Vokabular meiner Generation drin, wir sagen das halt ziemlich oft. Ich versuche, nicht an diese drei Wörter zu denken. Wenn ich kurz davor bin, sie doch auszusprechen, versuche ich, mein Gehirn im letzten Moment daran zu erinnern, es nicht zu tun. Aber es ist schwierig.

Würdest du sagen, dass du eine Krise mit Gott hast?
Ja.

Ist es die erste?
Nein, ich hatte ungefähr schon fünf.

Was hat dir beim letzten Mal geholfen, aus der Krise herauszufinden?
Mir ging es eine Zeit lang nicht gut, da hab ich angefangen zu beten und mich bei Gott zu bedanken. Dafür, dass ich in Wien leben darf, in einem sicheren Land. Dass ich ein Dach über dem Kopf habe und jeden Tag Essen bekomme.

Hast du jemandem von deiner Krise mit Gott erzählt?
Meinen Eltern. Ich bin zu ihnen und habe gesagt: Mama, Papa, ich muss mit euch über Gott reden. Sie haben alles sofort liegen lassen und mir zugehört.

Was hast du ihnen gesagt?
Dass ich öfter Probleme habe zu beten, auch wenn ich in der Kirche bin.

Was haben deine Eltern geantwortet?
Sie sagten, es gäbe einen Grund, dass ich als Christin geboren worden sei. Gott hätte mir bei meinen Lernschwierigkeiten geholfen. Und sie erzählten von einem bestimmten Moment, als ich drei oder vier Jahre war: Wir wollten zu einer heiligen Gedenkstätte, die auf einem kleinen Berg war. Der Weg dorthin war voller großer Steine, über die wir klettern mussten. Meine Eltern erzählten, dass der Weg für mich kein Hindernis gewesen sei, ich sei schnell hochgeklettert. Je näher ich der Statue Mutter Gottes gekommen sei, desto schneller sei ich geworden. Das hat mich zum Heulen gebracht.

Warum?
Weil ich erleichtert war. Meine Eltern sagten, wenn ich mit Gott hadere, Sünden begehe und diese bereue, könne ich mich bei Gott dafür entschuldigen. Er würde mir verzeihen. Sie sagten auch, dass alle

gläubigen Menschen Phasen des Zweifelns durchleben. Es helfe, nicht sofort die Hoffnung zu verlieren und weiter zu beten. Dann werde die Bindung zu Gott wiederkommen.

Wie fühlt es sich an, wenn die Bindung zu Gott fehlt?
Nicht gut. Ich bin in der Kirche, bete und will eine Bindung zu Gott aufbauen, aber meine Gedanken kreisen die ganze Zeit um etwas anderes. Ich versuche, mich auf Gott zu konzentrieren, aber wenn die Bindung sich nicht einstellt, fühlt sich das schlecht an.

Bist du in solchen Momenten verloren?
Es fühlt sich an, als wäre ich selber schuld. Aber eigentlich trägt niemand eine Schuld. In jenen Momenten fühle ich, wie ich fühle. Gefühle kann man ja nicht steuern.

Wie ist es, wenn die Bindung zu Gott wieder da ist?
Es ist ein eigenes Gefühl, eines im Herzen. Als würden sich Gottes Herz und meines langsam näherkommen, bis sie zu einem Herz verschmelzen. Und das ist ein viel stärkeres Herz als meines allein. Ich fühle mich dann lebendiger, frischer.

Denkst du dann, dass du mit Gott alles schaffen kannst?
Ja. Als eine der letzten Prüfungen anstand und ich die Bindung zu Gott hatte, fühlte ich mich sicherer.

Interessierst du dich auch für andere Religionen?
Ich fühl mich wohl in meiner Religion. Ich weiß zwar einiges über den Islam von Freund:innen, die muslimisch sind, aber ich will nicht konvertieren. Ich fühle keine Bindung zum Islam. Egal, wie viele Regeln des Katholizismus ich nicht befolgen kann, ich fühle mich trotzdem meiner Religion zugehörig.

Kannst du diese Zugehörigkeit beschreiben?
Wenn ich über Gott rede, habe ich so ein Gefühl im Herzen. Je mehr ich von ihm erzähle, desto stärker fühle ich in meinem Herzen, wie Gott anklopft und sagt: Hey, nur damit du es weißt, ich bin da und halte zu dir.

Wie möchtest du deine aktuelle Krise mit Gott angehen?
Weiß ich noch nicht.

Wirst du heute Abend zu ihm beten?
Vielleicht. Ich bin ein bisschen unmotiviert.

RELIGION NEIN, GLAUBEN JA

Die Kinderrechtskonvention der UN hält fest, dass ein minderjähriger Mensch das Recht auf Religionsfreiheit hat. Gleichzeitig erteilt die Konvention den Eltern das Recht und die Pflicht, eine auf das Kind abgestimmte und religiöse Erziehung zu übernehmen. Wer in Deutschland und Österreich 14 Jahre alt ist, kann sich selbst für eine Glaubensrichtung entscheiden. In der Schweiz ab 16 Jahre. Laut der Shell-Studie in Deutschland glaubt ein Drittel der jungen Menschen an Gott. Wobei junge Menschen in Deutschland sowie Österreich unterscheiden, ob sie an etwas glauben oder religiös sind. Religiös sein wird stark mit der Kirche verbunden, mit der sie wenig anfangen können. Mehr als 40 Prozent der jungen Menschen in Deutschland glauben an etwas. In Österreich glauben 30 Prozent der Jugendlichen mit christlicher Religionszugehörigkeit stark daran, dass es Gott oder etwas Göttliches gibt, das ist das Ergebnis der Jugendstudie Lebenswelten 2020, bei der 14 000 Jugendliche im Alter zwischen 14 und 16 Jahren befragt wurden. In der Schweiz sind laut einer Studie des Nationalfonds im Jahr 2009 vier von fünf jungen Menschen überzeugt, dass ein Gott oder etwas Göttliches existiert.

Leistungssport

Karina (18)

»Ich war vier Jahre an der
Ballettschule. Es war schön,
und ich habe sehr gelitten.
Beides ist wahr.«

Karina, mit zehn Jahren gingst du an die Staatliche Ballettschule in Berlin. Wolltest du schon immer Ballerina werden?
Ich hatte nie den Wunsch, eine Ballerina zu sein. Mich hat immer nur das Tanzen interessiert. Als ich ganz klein war, tanzte ich Flamenco. Mit acht oder neun ging ich einmal in der Woche zu einer ukrainischen Ballettlehrerin. Es machte mir so viel Spaß, dass ich bald zweimal in der Woche hinging. Ein Mädchen erzählte mir damals, dass es an der Staatlichen Ballettschule aufgenommen worden war. Das ging mir nicht mehr aus dem Kopf. Ich wollte auch dorthin.

Warum?
Ich habe es geliebt, zu tanzen. Wenn ich tanze, höre ich auf, zu grübeln. Es ist meine Art, mich auszudrücken. Durchs Tanzen kann ich verkörpern, wer ich bin. Ich wollte es jeden Tag tun, und ich wollte mich verbessern. Meine Eltern waren anfangs nicht begeistert. Aber ich habe mich durchgesetzt.

Wie hast du das geschafft?
Sie haben verstanden, dass ich das unbedingt wollte. Meine Mutter kam mit, als ich zur Schule ging und mich bewarb. Es war kurz vor den Sommerferien. Normalerweise gibt es eine Aufnahmeprüfung, dann tanzen 600 Kinder während drei Tagen vor. Ich hatte die Bewerbungszeit gerade verpasst. Trotzdem durfte ich in der letzten Som-

merferienwoche wiederkommen. Zwei Lehrerinnen prüften mich und schauten, wie mein Körper funktioniert, wie weit ich meine Hüfte ausdrehen kann, wie hoch ich springen kann, solche Dinge kann man nicht trainieren. Sie schauten auch, wie meine Mimik und Rhythmik sind. Und fanden, dass ich Potenzial habe. Die Lehrerinnen sagten: Wir würden dich gerne aufnehmen. Meine Eltern haben sich mit mir gefreut. Weil wir in Berlin lebten, konnte ich weiterhin zu Hause bei ihnen bleiben. Die meisten Schülerinnen sind in die Unterkunft gezogen, die zur Schule gehört.

Du warst vier Jahre an der Ballettschule. Wie ist es dir ergangen?
Es war schön, und ich habe sehr gelitten. Beides ist wahr.

Was war schön?
Ich wurde gefördert und habe in vielen Stücken mitgemacht, die an der Staatsoper, der Deutschen Oper und am Schillertheater aufgeführt wurden. Viele durften nicht mittanzen. Aber ich war immer dabei. Ich liebte es, auf der Bühne zu stehen. Einmal hatte ich eine Hauptrolle, ich war der kleine Prinz. Ich habe Disziplin gelernt, gelernt, meinen Körper zu beherrschen, meinen Ausdruck zu verfeinern. Ich war sehr jung und hatte bereits erste Arbeitserfahrungen gesammelt. Das war toll.

Und warum hast du gelitten?
Der Kampf unter uns Schülerinnen war groß. Wir waren Konkurrentinnen. Und dieser Konkurrenzkampf wurde von einigen Lehrer:innen verstärkt. Wir wurden die ganze Zeit runtergemacht und beschimpft: Du bist dumm! Du bist fett! Du kannst nichts! Wir wurden gegeneinander aufgehetzt. Wenn jemand einen Fehler machte, stellte eine Lehrerin die Musik ab und sagte: Ja, jetzt müssen wir alle warten wegen Karina. Bedankt euch bei ihr! Wir wurden wöchentlich gewogen. Niemand sagte uns, wie wir uns am besten ernähren. Es hieß einfach: Nimm ab! Du siehst aus wie im dritten Monat schwanger. Das war all die Jahre so, die ich dort war. Die meisten von uns hatten Essstörungen.

Du auch?
Ja. Es hieß immer, ich sei halt kräftig. Rückblickend kann ich sagen: Ich war extrem dünn. Ich war zwischen 1,50 und 1,60 Meter groß und wog 28 Kilogramm. Ich fühlte mich zu dick, aber ich war nur ein Faden. Mein Körper wurde ständig bewertet, dass ich eine Aggression gegen ihn entwickelt habe. Ich wollte mir Fett absaugen lassen an Stellen, wo kein Fett war. An meinen Knochen konnte ich nichts verändern, die waren halt so schwer, wie sie waren. Aber das Gewicht war für mich nicht das Schlimmste.

Sondern?
Die ständige Ungewissheit, in der wir waren. Die war gewollt. Wir wollten Rollen in den Aufführungen bekommen und wussten nie, welche Faktoren entscheidend dafür waren, wer die Rolle kriegt. Ich hatte auch immer Angst. Vor Kommentaren und davor, wie meine Lehrerin gelaunt sein würde. Wird sie einen heute fertigmachen? Und wie weit wird sie gehen? Es konnte sein, dass man plötzlich aus einem Stück rausgeworfen wurde. Oder nicht mehr mittanzen durfte, weil man zu schlecht war. Man ist wegen Minisachen rausgeflogen.

Wie hast du die Erniedrigungen so lange ausgehalten?
Ich hatte noch relativ Glück. Der Tanzdirektor mochte mich und meine Tanzart. Es gab Lehrer, die Fan von mir waren. Das motivierte mich. Ich habe nie dem klassischen Ballerina-Ideal entsprochen, ich war klein, eher muskulös, kräftig. Einerseits machte es das schwieriger für mich. Andererseits bin ich dadurch aufgefallen und war etwas Besonderes.

Hast du mit deinen Eltern über die Schule geredet?
Ja natürlich. Ich kam so oft nach Hause und weinte. Ohne sie hätte ich es wohl nicht geschafft. Sie haben mich immer wieder aufgebaut und sich dafür eingesetzt, dass sich an der Schule etwas ändert.

Aber die Gespräche mit unserer Vertrauenslehrerin haben absolut nichts gebracht. Und der Schulleiter sagte: 13-jährige Mädchen heulen immer, das hat nichts mit unseren Lehrer:innen zu tun. Als ich die Schule Ende 2019 verließ, wurden diese Zustände öffentlich. Das war ein riesiger Skandal. Einige Lehrer:innen mussten gehen.

Du warst 14 Jahre alt, als du die Ballettschule abgebrochen hast.

Ich hatte gerade eine Rolle in *Romeo und Julia* bekommen. Meine Tage begannen um 7.30 und endeten um 19.30 Uhr, ich war extrem überlastet. Während des Unterrichts in Modern Dance bin ich gesprungen und umgeknickt. Drei Bänder waren gerissen, der Knöchel gebrochen. Ich musste für eine Weile aussetzen. Die Lehrer:innen sagten: Wann kannst du wieder tanzen? Operiere deinen Fuß bitte. Aber alle Ärzt:innen haben mir davon abgeraten. Ich sollte den Fuß von allein heilen lassen. Während der Proben musste ich vorne auf dem Boden sitzen und zuschauen, ich durfte nicht nach Hause gehen und mich erholen. In dieser Zeit merkte ich, dass es noch ein Leben gibt.

Wie meinst du das?

Ich hatte plötzlich Zeit nachzudenken. Bis zum Sturz gab es keinen Raum für Langeweile oder eigene Gedanken. Aber jetzt hatte ich Zeit für meine Familie, für Leute außerhalb der Ballett-Bubble.

Ich merkte, was ich alles verpasst habe, weil es immer nur das Ballett für mich gab. Ich wollte dieses Leben nicht mehr.

Was hattest du verpasst?
Hmm (denkt nach). Die Jugendlichen in meinem Alter hatten Freundesgruppen und eine Jugendsprache, die ich nicht verstand. Sie gebrauchten Ausdrücke, die ich nicht kannte. Zum Beispiel *Homes* für Partys, die zu Hause stattfanden. Das stresste mich, weil ich mich nicht zugehörig fühlte. Es war, als fehlten mir gewisse Fähigkeiten, mit den anderen zu kommunizieren.

Hattest du an der Ballettschule keine Freundinnen?
Es gab ein paar Mädchen, mit denen ich mich gut verstand, aber nur, wenn wir außerhalb des Balletts waren. Beim Tanzen war es sofort komisch zwischen uns. Eine Freundin war im Jahrgang über mir. Deswegen war die Konkurrenz zwischen uns nicht so stark. Wir waren aber nicht eng befreundet. Im Nachhinein habe ich gemerkt, dass sie mich ziemlich belastet hat. Sie war stark magersüchtig, das hat sie mir auch offen gesagt. Ich fragte mich, warum sie mir das erzählt, ich konnte ja nichts tun.

Warst du einsam?
Ja, schon. Damals war mir das aber nicht so bewusst. Ich hatte ja das Tanzen. Und weil wir an der

Schule Konkurrentinnen waren, entwickelte ich ein tiefes Misstrauen gegenüber anderen Frauen*. Ich hatte manchmal das Gefühl, dass alle gegen mich sind.

Wann zum Beispiel?
Das kann ich gar nicht so genau sagen. Mir fehlte damals einfach die Erfahrung, richtig gute Freundinnen zu haben. Heute ist es zum Glück anders. Vielleicht ist Misstrauen auch das falsche Wort. Vielleicht ist es eher ein Unbehagen, das ich manchmal auch heute noch habe. Eine Unsicherheit.

War es schwer für dich, nach dem Schulabbruch auf andere Menschen zuzugehen?
Es gab ein Mädchen, das ich von früher kannte. Ich hatte mich bei ihr gemeldet, und wir waren lange sehr gut befreundet. Sie hat mich nach der Ballettschule aufgefangen, das war sehr wichtig für mich. Es ist jetzt vier Jahre her, dass ich die Schule beendet habe. Ich habe heute echte Freundinnen, einen Freund. Meine Gedanken sind frei, und ich bin sehr glücklich, dass ich trotz allem noch Spaß am Tanzen habe. Es dauerte aber ein Jahr, bis ich das wieder konnte.

Warum?
Ich merkte, dass mein Körper ganz viel nachholen musste. Ich hatte so viele Jahre zu wenig gegessen,

zu wenig geruht, zu wenig geschlafen. Ich musste meinem Körper Zeit geben. Ich glaube, deshalb habe ich es auch geschafft, dass ich heute ein gutes Verhältnis zu mir habe. Ich mag es, wenn ich Sport treiben kann und fit bin. Aber ich mag es auch zu essen. Ich will nicht mehr dünner sein.

Du fühlst dich heute gut in deinem Körper?
Ja, ich habe einen anderen Blick auf mich selber als damals. Ich habe keinen Druck mehr. Ich brauche die Bewegung, um entspannt sein zu können. So war ich schon als Kind. Ich gehe laufen, mache Work-outs. Und ich will wieder tanzen gehen, sobald ich am Gymnasium etwas mehr Zeit habe.

Ballett?
Lieber etwas anderes. Wenn ich wieder Ballett tanzen würde, hätte ich ja einen Vergleich im Kopf zu meiner Zeit an der Ballettschule. Das ginge ohne diesen Ehrgeiz wahrscheinlich gar nicht. Ich will, dass das Tanzen wieder nur mir gehört.

MISSBRAUCH IM LEISTUNGSSPORT

Mehrere renommierte Ballettschulen kamen jüngst in Kritik, weil Missbrauchsvorwürfe publik wurden und die Öffentlichkeit erschütterten. Die Vorwürfe betrafen auch die Ballettschule in Berlin, die Tanzakademie der Wiener Staatsoper sowie die Tanzakademie Zürich. 13 ehemalige Schülerinnen der Tanzakademie Zürich berichteten der ZEIT 2022 von psychischem Missbrauch, systematischen Erniedrigungen, Bodyshaming und körperlicher Gewalt. 2021 erzählten acht Schweizer Turnerinnen öffentlich von Misshandlungen im Nationalen Sportzentrum in Magglingen. Die Schweizer Regierung ließ daraufhin die Vorwürfe untersuchen und errichtete eine Meldestelle. 2023 wurden neue Vorwürfe publik, dieses Mal im Nordwestschweizerischen Kunstturn- und Trampolinzentrum NKL. 20 ehemalige Kaderathletinnen und -athleten erzählten dem Schweizerischen Radio und Fernsehen SRF, dass sie zwischen 2012 und 2022 von der Cheftrainerin angeschrien, gedemütigt und wegen ihres Gewichts schikaniert worden seien. Die Trainerin wurde suspendiert, hat aber Einsprache erhoben.

Verliebtsein

Eva (13)

»Ich bin sicher, dass ich mich wieder verlieben werde. Ich kenne keine erwachsene Person, die nur einmal verliebt war.«

»Ich war bis jetzt einmal verliebt. In Karo, einen Jungen aus meiner Klasse. Damals waren wir neun Jahre alt. Er ist mir das erste Mal in der zweiten Klasse aufgefallen. Ich fand alles total toll an ihm und habe über seine Witze gelacht, auch wenn sie nicht lustig waren. Wenn er in der Nähe war, hat mein Herz schneller geschlagen. Ich wollte seine Aufmerksamkeit. Das war schon anstrengend. Ich habe dann extra laut geredet, damit er mich bemerkt. In der Pause stand ich in seiner Nähe und wollte, dass er sieht, wie groß ich schon bin, nicht mehr so klein wie die anderen aus der Klasse. Wir hatten ein Pausenspiel, das hieß Pferdemädchen: Jemand war das Pferd, die andere die Reiterin. Die Kleinen mussten das Pferd sein, ich war immer die Reiterin. Ich habe dem Pferd dann eine kleine Leine umgebunden und gerufen: Hüüü, komm! Galopp! Ich wollte unbedingt, dass Karo das mitbekommt und mich auch toll findet.

Ich habe immer von ihm geredet. Ich mochte es, verliebt zu sein, und habe damit vor meiner besten Freundin angegeben. Sie ist eineinhalb Jahre jünger und war noch nie verliebt. Ich habe ihr ständig gesagt, ich sei total verliebt und dieses Gefühl sei so toll. Es fühlte sich erwachsen an, ich gehörte zu den Großen in der Klasse, die alle verliebt waren. Irgendwann war meine Freundin komplett genervt und sagte, wenn ich noch einmal von Karo rede, wolle sie nicht mehr mit mir befreundet sein.

Ich habe nie darüber nachgedacht, mit Karo zusammenzukommen. Ich wusste damals noch gar nicht, was es heißt, ein Pärchen zu sein. In der Schule sagten die anderen: Okay, ich bin jetzt mit dem und dem zusammen! Aber geredet haben sie nie miteinander. Ich dachte: Ignoriert man sich, sobald man zusammen ist? Hä? Das fand ich komisch. Damals kamen zwei Mädchen neu in unsere Klasse. Sie wirkten, als wären sie schon 20 Jahre alt, nicht zehn wie wir. Die haben in den Mittagspausen von Jungs geredet. Ich hörte, wie sie sagten: Gestern hatte ich ein Date! Und ich dachte, was ist denn das jetzt schon wieder? Später bin ich in einem Buch auf das Wort Date gestoßen, dort wurde erklärt, was es bedeutet. Ach so, habe ich gedacht. Mit mir hatte es nicht viel zu tun.

Ich war mehr als zwei Jahre in Karo verliebt, bis elf. Ich habe es ihm nie gesagt. In der vierten Klasse saßen wir kurz nebeneinander und haben uns gut verstanden. Die anderen aus der Klasse haben gemerkt, dass ich ihn mochte. Wenn sein Name fiel oder er irgendwas gemacht hat, guckten mich alle an. Dann hieß es: Eva ist das bestimmt auch schon aufgefallen! Wenn die Jungs solche Bemerkungen machten, war ich ganz eingeschüchtert. Zum Teil waren die noch richtig wild und haben manchmal einfach jemanden gehauen. Ich hatte Angst vor ihnen. Wenn die Mädchen mich auf Karo ansprachen, habe ich meine Gefühle abgestritten. Aber ich wurde immer ganz rot im Gesicht. Das war mir unangenehm. Aber eigentlich waren alle immer verliebt und niemand wollte es zugeben.

Karo war nie verliebt in mich. Und ich bin es jetzt auch nicht mehr. Er hat sich verändert, ist voll das Arschloch geworden. Ständig ist er auf Social Media, labert im Unterricht und hört nie zu. Als ich neben ihm saß, konnte ich mich gar nicht mehr konzentrieren, weil er die ganze Zeit redete. Die meisten Mädchen finden ihn immer noch toll. Er sieht ja auch gut aus, er ist groß, hat blaue Augen, ganz viele Sommersprossen und blonde Haare, die oben länger und auf der Seite kurz sind. Wie so ein Fußballer. Früher war die eine Hälfte der Klasse in ihn verliebt, jetzt ist es die andere Hälfte der Klasse. Ich kann aber nicht mehr nachvollziehen, was an Karo toll sein soll. Er spielt sich immer so auf, will der Held der Klasse sein.

Wenn ich einen Film sehe, denke ich manchmal, dass ich gerne wieder verliebt wäre. Dann mache ich mir einen Stress und denke: Oh Gott, ich bin schon 13! Bei uns in der Klasse sind ganz viele mit irgendwem zusammen. In der Schule haben wir ein Handyverbot. Also gehen die Mädchen auf die Mädchentoilette und die Jungs auf die Jungentoilette, und dann schicken sie sich gegenseitig Nachrichten. Sie könnten ja einfach miteinander auf dem Pausenplatz reden. Manche behaupten, sie seien schon mit zehn Leuten zusammen gewesen. Und die anderen glauben, mithalten zu müssen. Aber das sind Kindergartenbeziehungen: In der Schule ignorieren sie sich und zu Hause schicken sie einander Herzchen-Emojis. Es ist wie ein Wettbewerb, wer öfter verliebt war und mehr Herzen gebrochen hat. Aber bei diesem Wettbewerb kann ich gar nicht mitmachen. Ich bin eine der wenigen, die kein Social Media und kein Whatsapp hat. Ich gehöre eh zu den Uncoolen.

In den meisten Filmen und Bücher wird die Liebe so heile-Welt-mäßig dargestellt. Eine leidende Prinzessin wird von einem Prinzen gerettet. Beide lieben sich, Happy End. Die Realität ist doch anders. In meiner Klasse sind viele, deren Eltern getrennt leben. In den Filmen kommt das wenig vor. Das finde ich schade. Eine aus meiner Klasse liest amerikanische Romane, die ins Deutsche übersetzt sind. Die heißen *Kiss me once*, zum Beispiel. Allein schon der Titel schreckt mich ab! Die Geschichte ist immer dieselbe: Ein Mädchen geht auf ein renommiertes College und trifft dort einen heißen Typen, der tätowiert ist und oben ohne rumläuft. Die beiden sind perfekt und kommen zusammen. Ende. Man kann doch aber auch jemanden lieben, der nicht perfekt ist.

Ich lese gerne die Buchreihe *Cinder & Ella*, bald erscheint hoffentlich der dritte Roman. Ein Mädchen hat einen schweren Autounfall überlebt, sie ist voll vernarbt und kann sich nicht bewegen. Sie chattet mit einem Hollywoodstar, dann treffen sie sich und verlieben sich. Ich finde schön, dass ein Hollywoodstar mit einer vernarbten Frau zusammen sein will. Das ist doch viel schöner, als wenn jemand Perfektes auf eine andere perfekte Person trifft. Klar ist diese Geschichte auch Kitsch, aber damit kann ich mich besser identifizieren. Ich leide mit den Figuren mit, habe manche Gefühle selber erlebt.

Wie mein erster Freund sein müsste? Das Aussehen ist mir nicht wichtig. Ganz viele aus meiner Klasse schreiben sich genau auf, wie jemand aussehen muss, das werden dann so zwei Meter lange Listen. Ich glaube nicht, dass jemand all diese Ansprüche erfüllen kann. Mein Freund müsste auf meiner Seite stehen und zu mir halten. Ich müsste ihm total vertrauen können.

Ich bin sicher, dass ich mich wieder verlieben werde. Ich kenne keine erwachsene Person, die nur einmal verliebt war.«

Mentale Gesundheit

Betty (18)

»Als ich ungefähr zwölf war, sagte ich meiner Mutter, dass ich manchmal eine tiefe Traurigkeit fühle.«

»Vor ein paar Wochen habe ich das Abi gemacht, und während der Lernwochen ging es mir super schlecht. Ich wusste schon, dass ich die Prüfungen bestehen werde. Trotzdem hatte ich Angst. Ich bin generell ein sorgenvoller Mensch, der viel zweifelt. Was, wenn ich schlecht abschneide? Was tauge ich dann im Leben? Alle anderen aus der Klasse waren auch gereizt und angespannt. Es gab nur Schule, Lernen, Schlafen. Ich häkle und lese gerne, aber ich habe es mir in der Phase verboten, weil ich fand, ich müsse die Zeit fürs Lernen nutzen. Ich habe mich so verloren gefühlt.

Seit drei Jahren leide ich an einer Zwangsstörung. In Stresssituationen wie der Abiprüfung wird sie schlimmer. Ich habe verschiedene Zwänge, je nach Umgebung sind sie anders. Zum Beispiel muss ich dreimal einen Gully am Boden berühren, mehrmals an einen Türrahmen klopfen, dreimal auf einen Stein auf dem Weg treten, zweimal den Lichtschalter drücken. Ich nenne diese Zwänge Tics.

Meine Therapeutin hat mir die Tics so erklärt: Meine Psyche sucht sich Gegenstände, und mein Unterbewusstsein gibt mir den Befehl, was ich mit diesem Gegenstand machen soll. Es geht darum, dass meine Psyche auf diese Weise die Kontrolle behalten will. Stress ist der Auslöser dieser Tics. Es ist ein Faktor von außen, dem ich ausgeliefert bin. Deshalb versucht meine Psyche, die Kontrolle zu übernehmen, indem sie mir Regeln vorgibt, wie ich mich verhalten soll. Wie ein Rahmen, in dem ich mich bewege. Aber in solchen Momenten fühlt es sich überhaupt nicht an, als hätte ich die Kontrolle über mich. Es ist eher so, als müsste ich gegen mich selber kämpfen, weil ich die Tics eigentlich nicht haben will. Niemand zwingt mich, diese Dinge zu tun. Alles geschieht in meinem Kopf. Und trotzdem fühlt es sich an, als sei das gar nicht ich. Das ist sehr, sehr anstrengend.

Ich hadere täglich mit den Tics. An manchen Tagen ist es ein großer Kampf. Mir ist bewusst, was ich gerade tue, und trotzdem bin ich machtlos. Ich denke dann, ich werde verrückt. Es gibt aber auch Tage, an denen ich mir nicht so viele Gedanken mache. Ich kämpfe dann vielleicht stiller. Wenn ich unter Menschen bin, habe ich die Regel, dass sie meine Tics nicht sehen dürfen. Weil ich mich schäme. Aber auch, weil sich meine Zwangsstörung daraus eine Aufgabe gemacht hat. Es ist wie eine Challenge: Versuche, deinen Tic zu machen, aber so, dass ihn niemand mitbekommt.

Es gibt immer Sachen, die stressen. Angst vor Prüfungen, ein Streit. In Stresssituationen fühle ich einen Druck tief in der Brust. Es ist, als würde der Druck immer weiter nach oben wandern, ein bisschen so, als müsste man niesen – aber schmerzhafter. Dann passiert es super schnell: Mein Unterbewusstsein sagt mir, berühre den Stein, um den Druck zu lösen, und dann mache ich das, weil ich den Druck nicht mehr fühlen möchte. Die Tics sind wie eine Kurzzeitlösung: Wenn ich sie mache, kann ich relativ schnell Druck abbauen. Was auch hilft, ist mit Freund:innen zu reden und ihnen zu sagen, wie ich mich gerade fühle. Ich kann so meine Gefühle nach außen tragen und teilen, dann sind sie nicht mehr nur bei mir. Das mache ich erst seit ein paar Monaten. Davor habe ich mich geschämt für meine Ängste und Tics, weil ich eigentlich die bin, die gute Laune verbreitet und fröhlich ist. Ich wollte nicht, dass ich jemandem zu viel werde.

Meine Therapeutin hat mir eine Welle aufgemalt, die zeigt, wie der Druck hochgeht. Aber er kann nicht unendlich steigen, irgendwann wird er runtergehen. Ich müsste den Druck so lange aushalten, bis er von allein abflacht. Aber das muss man erst einmal hinbekommen. Vor allem, wenn ich abends nicht einschlafen kann und am nächsten Tag früh aufstehen muss. Ich kann dann nicht bis fünf Uhr morgens wach liegen und warten, bis der Druck von allein verschwindet. Das stresst mich dann nur noch mehr, wenn ich ausrechne, wie wenig Schlaf ich bekomme. Ich muss all meine Tics durchgehen, damit ich mir erlauben kann, zur Ruhe zu kommen und einzuschlafen.

Als ich ungefähr zwölf war, sagte ich meiner Mutter, dass ich manchmal eine tiefe Traurigkeit fühle. Ich ging in die Therapie, um die Depression zu behandeln. Mit der Zeit wurde sie kleiner. Als ich etwa 15 war, tauchten die Tics auf. Am Anfang nannte ich sie Rituale, die ich vor dem Zubettgehen hatte. Ich musste hinter der Küchentüre und Badezimmertüre nachgucken. Dann musste ich drei mal drei durch das Fenster in meinem Zimmer schauen, also insgesamt neunmal. Und gegen mein Bett klopfen: auf der einen Seite drei, drei, zwei, also achtmal, und auf der anderen Seite zweimal zwei, also viermal. Die Wände um mich herum musste ich insgesamt elfmal berühren. Es gab Zahlen, die schlecht waren, zum Beispiel die sieben, die siebzehn, die achtzehn. Gut sind zehn, elf, fünfzehn, zwanzig, dreißig. Immer wenn ich falsch gezählt habe, musste ich von vorne anfangen. Das dauerte eine halbe Stunde, vierzig Minuten. Dann bin ich in Tränen ausgebrochen, weil ich keine Energie mehr hatte.

In jener Zeit schlief ich schlecht. Morgens wachte ich auf und fürchtete mich vor dem Tag. Vor all den Tics, die ich machen würde. Am Anfang hatte ich die Tics nur zu Hause beim Zubettgehen und Aufstehen. Irgendwann entwickelte ich Tics auch in der Schule. Ich musste den Stuhl zwei mal fünf mit der flachen Hand berühren, bevor ich mich hinsetzte. Ich musste meine Federtasche drei mal drei zumachen, bevor ich dem Lehrer zuhören konnte. Die Schule war kein Ort mehr, wo ich befreit war. Und als ich auf dem Heimweg war, fürchtete ich mich vor daheim: Dort hatte ich noch viel mehr Tics! Ich war oft verzweifelt, weil ich nicht mehr aus diesen Gedankenschleifen rausgekommen bin.

Auf Instagram und Youtube habe ich Videos über mentale Gesundheit geschaut und bin Leuten gefolgt, die mit psychischen Problemen kämpften. Es hat mir geholfen zu sehen, was in meinem Kopf und Körper passiert, wenn ich Stress empfinde und die Tics entwickle. Es wurde einfacher, meine Tics zu rationalisieren, weil ich verstand, welches Hormon wann ausgeschüttet wird und warum dann ein bestimmtes Programm in meinem Kopf abläuft. Es hat mich entlastet zu merken, dass all meine Zwänge auch eine chemische Reaktion sind. Ich war nicht schuld an den Tics.

An Orten, wo ich noch nie war, konnte ich auch noch keinen Tic entwickeln. Dort bin ich entspannter, weil die sich erst aufbauen müssen über eine bestimmte Zeit, vielleicht einen Tag. Sobald ich bei einem Objekt einen Tic entwickelt habe, kann ich das Objekt und den Tic nicht mehr voneinander trennen. Musste ich einmal an einen bestimmten Türrahmen klopfen, kann ich mir nicht sagen: Das hast du jetzt erledigt, das musst du in Zukunft nicht mehr tun. Ich versuche zwar, dem Türrahmen auszuweichen, damit ich meinen Tic nicht durchführen muss. Aber das ist super schwierig. Mein Zuhause ist eigentlich der Ort, wo ich mich wohl und sicher fühle. Und trotzdem habe ich zu Hause die meisten Tics. Es gibt in der Wohnung so viele Triggerpunkte, die mal Tics waren oder noch sind. Es ist, als würde sich all der Stress von draußen zu Hause abladen. In meinem Zimmer ist es am schlimmsten. Dort haben die Tics angefangen, und dort konnte ich so oft nicht einschlafen. Ich spüre diese Aura immer noch. Ich versuche den Moment hinauszuzögern, in dem ich in mein Zimmer gehe. Zum Glück ist meine ältere Schwester kürzlich ausgezogen, ich werde ihr Zimmer übernehmen. Das erleichtert mich.

Seit eineinhalb Jahren gehe ich nicht mehr zur Therapie. Die Krankenkasse übernimmt die Kosten nur für eine bestimmte Zeit. Ich versuche es alleine. Im Moment funktioniert es eigentlich ziemlich gut. Weil ich während meiner Jugend stark von meiner Therapeutin begleitet wurde, ist es zurzeit wie ein Test für mich, ob ich anwenden kann, was ich gelernt habe.

Ich hatte ein Therapietagebuch bekommen mit Aufgaben. Zum Beispiel: Ich möchte nur noch zehn Tics haben. Oder meine Freund:innen und Familie sollten alle nette Dinge über mich schreiben. Die persönlichen Zettel bewahre ich in einem Glas auf, und wenn ich mich schlecht fühle, nehme ich einen Zettel heraus. Das Wichtigste, was ich gelernt habe, ist eine klare Kommunikation mit meinen Mitmenschen. Ich kann meiner Familie und meinen Freund:innen viel besser sagen, wie ich fühle. Wenn mich jemand verletzt, kann ich das auch mitteilen. Und ich brauche immer wieder Zeit für mich allein, damit ich mich mit mir selber auseinandersetzen und Erlebtes verarbeiten kann.

Als ich zur Therapie ging, hatte ich einmal in der Woche einen festen Ort, wo ich mich mit mir selber beschäftigt habe. Jetzt muss ich mir diesen Ort selber schaffen. Und mir sagen, dass das meine Baustelle ist, an der ich arbeiten muss. Manchmal gelingt es mir, innezuhalten und mich zu fragen, muss ich diesen Tic jetzt wirklich machen? Wenn ich es schaffe, den Tic nicht zu machen, bin ich hinterher vielleicht gestresster. Aber manchmal bin ich auch richtig stolz und erleichtert. Es ist immer anders. Ich muss es immer wieder ausprobieren. Nächstes Jahr will ich als Au-pair in Schweden oder Dänemark arbeiten. Ich will alleine reisen und das Alleinsein üben. Trotz meiner Tics. Es gibt so viele Dinge, auf die ich mich freue und die mich glücklich machen. Die will ich mir von meinen Zwängen nicht nehmen lassen.

Meine Familie und meine engsten Freund:innen wissen von meiner Zwangsstörung. Zwei meiner

Freunde haben sich auch darüber informiert und Videos geguckt, um mich besser zu verstehen. Ich will aber nicht, dass viele Leute davon wissen, weil die Störung für mich eine Schwäche ist. Viele Menschen sind auch nicht so sensibel und sagen dann vielleicht das Falsche. Und ich will nicht immer erklären müssen, was eine Zwangsstörung ist. Meine Angst, dass sie mich mit einer unbedachten Aussage treffen, wäre viel größer als der Nutzen, sie in meine Krankheit einzuweihen.

Psychische Erkrankungen sind immer noch ein Tabu, obwohl so viele Menschen daran leiden. Man müsste doch Kindern und Jugendlichen mehr darüber erzählen, das würde sie sensibilisieren und uns als Gesellschaft helfen, mit solchen Erkrankungen umzugehen. So würden junge Menschen auch schneller merken, dass sie vielleicht an einer Depression leiden oder an einer Zwangsstörung wie ich. Und sie könnten sich Hilfe holen. Man sagt mentale Gesundheit, aber eigentlich müssten wir alle über mentale Ungesundheit sprechen.«

PSYCHISCHE PROBLEME

Mentale Gesundheit ist bei Jugendlichen ein großes Thema. Ein Bericht der Weltgesundheitsorganisation aus dem Jahr 2020 zeigte auf, dass Jugendliche im Pubertätsalter in Europa häufig mit mentalen Problemen zu kämpfen haben. Das mentale Wohlbefinden der befragten Jugendlichen ging 2018 im Vergleich zu 2014 in mehreren Staaten zurück. Jedes vierte Kind gab an, mindestens einmal pro Woche nervös oder gereizt zu sein und Probleme beim Einschlafen zu haben. In einer UNICEF-Studie, die 2021 in Liechtenstein und der Schweiz durchgeführt wurde, gab mehr als ein Drittel der befragten Jugendlichen an, psychische Probleme zu haben. Viele Jugendliche bleiben mit ihren Problemen allein: Knapp 30 Prozent der Befragten gaben an, mit niemandem reden zu können. Die Coronapandemie hat die psychische Gesundheit vieler Jugendlicher zusätzlich beeinträchtigt.

Politisches Engagement

Maja (17)

»Das Klima geht jeden etwas an.
Es ist doch nicht uncool zu versuchen,
uns alle zu retten.«

Maja, sorgst du dich um die Welt?
Jaaaaaah.

Was macht dir Sorgen?
Der Klimawandel und die soziale Ungerechtigkeit, die der Ursprung aller Probleme ist. Würden wir die Ungerechtigkeiten beseitigen können oder sagen wir, es versuchen, dann würden die anderen Probleme sich einfacher bewältigen lassen.

Zum Beispiel?
Die Menschenrechte, die nicht respektiert werden.

Was bereitet dir beim Klima am meisten Sorgen?
Die vielen Naturkatastrophen, die auf uns zukommen, und dass die Leute immer mehr darunter leiden werden. In Deutschland bekommen wir wenig davon mit. Aber in anderen Ländern ist es schlimm.

Vergangenen Sommer war es anders: Teile Deutschlands wurden überflutet, Menschen sind gestorben.
Ja, ich habe davon aus dem Fernsehen und über Tiktok erfahren. Ich habe Beiträge über Jugendliche gesehen, deren Zuhause total zerstört wurde.

Hast du dich für sie engagiert?
Wir haben als Familie gespendet.

Denkst du, dass es wieder Hochwasser in Deutschland geben wird?
Ja, wahrscheinlich schon, das sagen auch viele Expert:innen. Solche Katastrophen werden in Zukunft öfters geschehen. Meine Generation wird sich mehr Gedanken darüber machen müssen, ob sie Kinder in diese Welt setzen will. Die werden es noch schwerer haben als wir.

Wirst du aus diesem Grund auf Kinder verzichten?
Finde ich schwierig zu sagen. Es ist ein Abwägen zwischen Leben schenken, mit dem Kind eine schöne Zeit haben und der Frage: Wenn das Leben auf dieser Welt immer nur schwieriger wird, kann es dann gerecht sein, Kinder auf diese Welt zu setzen? Generell denkt meine Generation politisch. Aber in dem Dorf, in dem ich wohne, hab ich das Gefühl, dass die meisten Jugendlichen kein Interesse haben, das Klima zu retten.

Auch an deiner Schule nicht?
Die wenigsten interessieren sich für das Thema. Ein paar sind informiert, aber der Klimawandel kümmert sie nicht.

Wie erklärst du dir das?
Sie finden es peinlich, sich politisch zu engagieren.

Warum?
Ich hab ein Beispiel: Letztes Jahr waren die Bundeskanzlerwahlen. Mir ist aufgefallen, dass die FDP auf Tiktok ziemlich viele Jugendliche angeworben hat mit dem Thema Cannabis. Die FDP wusste, was es braucht, um uns Jugendliche für sich zu begeistern. Sie ist bei meiner Generation krass beliebt geworden. Doch das Klimaschutzprogramm der FDP ist nicht optimal, damit retten wir die Welt nicht. Ich finde es schlimm, dass sich viele Jugendliche das Klimaschutzprogramm der FDP gar nicht angeschaut haben. Der Klimaschutz ist heute doch das wichtigste Thema.

Warum findest du es cool, dich fürs Klima zu engagieren?
Eigentlich hat all das nichts mit cool oder uncool zu tun. Das Klima geht jeden etwas an. Es ist doch nicht uncool zu versuchen, uns alle zu retten. Ich glaube, bei meinem Mitschüler:innen spielt Gruppenzwang eine große Rolle: Wenn viele behaupten, es sei uncool, sich für das Klima zu engagieren, interessiert sich der Freundeskreis nicht dafür und dann tut auch der Einzelne nichts.

Suchst du das Gespräch mit jenen Einzelpersonen?
Wenn sich eine Freundin ignorant verhält, sage ich ihr zum Beispiel schon, dass sie nicht überall das Licht anlassen soll. Oder wenn ein Freund jeden

Tag total schlechtes Fleisch isst, sag ich auch mal etwas. Natürlich muss die Politik etwas tun, aber wir alle können mithelfen, statt noch mehr Schaden anzurichten.

Seit wann interessiert dich das Klima?
Seit ich neun oder zehn Jahre alt war. Ich hatte ein Kinder-Abo des *Spiegel* und las eine Geschichte, in der es darum ging, dass die Erde immer wärmer wird. Das fand ich krass. Aber ich dachte auch, das geschieht frühestens in 100 Jahren, das erlebe ich nicht mehr. Damals hab ich vieles noch nicht verstanden.

Wann hat sich das geändert?
Als Fridays For Future viral ging und Greta Thunberg bekannt wurde. Ich hab in der Zeitung immer wieder die Berichte von den Demos in den deutschen Städten gelesen. Da wär ich schon gerne hingegangen.

Wieso gingst du nicht?
Wir wohnten zu weit weg. Heute wohne ich zwar in einer Kleinstadt, die nah bei München liegt, aber das Zugticket dorthin ist teuer. Es nervt mich, dass ich nicht in einer Großstadt wohne und an den Demos teilnehmen kann.

Was bringen die Demos?
Sie sind ein erster Schritt.

Wie meinst du das?
Aus der Geschichte wissen wir, dass Demos in der Vergangenheit viel gebracht haben. Zum Beispiel hat die Arbeiterbewegung die Stände abgeschafft. Der Adel hätte kaum je entschieden, sich selber abzuschaffen. Es ist besser, auf eine Demo zu gehen und wenigstens ein bisschen etwas zu machen, als gar nichts zu tun. Nicht alle haben die Möglichkeit, sich zu engagieren.

Was bedeuten dir die Demos?
Ich schöpfe Hoffnung. Die Demos pushen mich. Ich merke dann, dass ich nicht die Einzige bin, die den Klimawandel verhindern will. Auf der Straße sind wir als Masse sichtbar. Es fühlt sich an, als hätten wir einen Einfluss.

Bist du eine Aktivistin?
Ja. Ich hatte nach einer Aktivist:innengruppe gesucht und fand vor ein paar Monaten eine Jungpartei. Da nahm ich an ein paar Videokonferenzen und Treffen teil, aber jetzt bin ich da nicht mehr aktiv.

Wieso?
Der Aktivismus von denen ist mir zu lasch. Ich fand, wir hätten uns um wichtigere Dinge kümmern müssen als um diese Kleinigkeiten, die wir teilweise gemacht haben.

Welche Kleinigkeiten?
Wir haben Aschenbecher in der ganzen Stadt aufgehängt, um auf den Abfallberg aufmerksam zu machen. Das ist schon gut, Kleinigkeiten zählen ja auch. Aber wir haben nie etwas Großes auf die Beine gestellt oder über die wirklich wichtigen Themen gesprochen.

Welche Themen meinst du?
Als der Ukraine-Russland-Krieg ausbrach, haben wir kaum darüber geredet. Meine Freundin und ich haben vorgeschlagen, eine Spendenaktion zu machen oder beim Klamottensortieren zu helfen. Wir hätten auch Geflüchteten Hilfe anbieten können.

Bist du heute in einer anderen Gruppe aktiv?
Nein, ich finde nichts, was mir 100 Prozent gefällt. Manchmal bin ich radikaler als die anderen.

Wie meinst du das?
Manchmal werde ich wütend, wenn ich die Zeitung lese. Dann verallgemeinere ich alles und finde, dass jeder Einzelne total korrupt ist. Nach ein paar Wochen beruhige ich mich und denke über Lösungen nach, die realistischer sind. Ich sage mir dann: Ja, viele sind korrupt. Aber nicht alle. Und die müssen wir erreichen, um wirklich Veränderungen zu bewirken.

Wenn du eine eigene Partei gründen könntest: Wofür würde sie stehen?
Dass jeder ein angemessenes Einkommen bekommt, dass die Kluft zwischen arm und reich nicht größer wird. Daraus würde folgen, dass sich jede:r Klimaschutz leisten könnte. Heute können sich ärmere Leute keine Bioprodukte leisten. Es ist ein riesiges Problem, wenn nur Reiche etwas für den Klimaschutz tun können.

Wenn du einen Wunsch frei hättest: Was würdest du dir von den Menschen wünschen?
Dass sie für alle mitdenken und für alle handeln. Dass sie nicht so geldgierig sind, wählen gehen und ihr Bestes versuchen, um diesen Planeten für alle schön zu machen.

POLITISCHES ENGAGEMENT

In der Schweiz ist das Interesse der jungen Leute an der Politik gestiegen. Laut easyvote-Politikmonitor 2020 interessieren sich 52 Prozent der Jugendlichen sehr oder eher für weltweite Politik. Während 2019 der Klimawandel das politische Thema bei den jungen Menschen war, ist es 2020 das Thema »Rassismus und Diskriminierung«.
Das gestiegene Interesse an der Politik zeigt sich auch in den Jungparteien. Alle verzeichnen Neumitglieder, am meisten die linken Jungparteien. In Österreich geben 89 Prozent der Jugendlichen an, sich für Politik zu interessieren, und fast 50 Prozent von ihnen würden gerne in der Bundespolitik mitbestimmen. In Deutschland haben die jungen Menschen ein großes Interesse an Politik. Ihnen sind Klima- und Umweltschutz, Bildung und Digitalisierung wichtig. Wer sich um das Klima sorgt, findet Gleichgesinnte in der Bewegung Fridays For Future, die sich zur Aufgabe gemacht hat, auf die Klimakrise des 21. Jahrhunderts unter anderem mit Schulstreiks hinzuweisen.

Erster Rausch

Lana (14)

»Ich wollte unbedingt einmal ausprobieren, wie sich das anfühlt, wenn man zu viel trinkt.«

»Im Frühling ging meine Klasse für den Spanien-Austausch eine Woche nach Madrid. Am Abend, bevor wir nach Deutschland zurückgeflogen sind, trafen wir uns mit den spanischen Schüler:innen in einem Park. Wir waren etwa 20 Leute und ließen Wein durch die Runde gehen. Ich weiß gar nicht genau, was für Wein das war, kann sein, dass das so eine Mischung war. Es hat geschmeckt wie Limonade, süßlich mit Sprudel. Ich habe relativ viel davon getrunken, ein Drittel einer richtig großen Flasche. Mir wurde ein wenig schwindelig. Davor hatte ich auch schon mal Alkohol getrunken, aber nie so viel, dass mir schlecht wurde. Ich wollte unbedingt einmal ausprobieren, wie sich das anfühlt, wenn man zu viel trinkt. Alle haben von diesem Gefühl geredet, und ich dachte, in dieser großen Gruppe sei es ein guter Ort, diesen Zustand mal zu testen. Und zu gucken, was dann passiert. Ich hatte nicht das Gefühl, dass ich muss. Es gab auch ein paar, die gar nichts getrunken haben. Ich wollte es. Mit meinen Freund:innen in Deutschland hatte ich bisher nie Lust darauf, der Vibe ist irgendwie anders, in Berlin sind immer so viele Jugendliche unterwegs, manchmal ist es gefährlich. Wir sind ja auch erst vierzehn, da sollte man nicht schon trinken. Aber in Madrid fand ich es cool.

Zuerst war es lustig, ich habe noch mehr gelacht als sonst. Ich hab den Alkohol gar nicht so gespürt.

Dann gab mir einer ein Glas in die Hand und sagte, trink das, es ist Wasser. Ich habe das Glas auf ex getrunken und erst danach gemerkt, dass es gar kein Wasser war, sondern purer Wodka! Er hätte mich warnen sollen. Ich wollte ja eigentlich Wasser trinken. Aber er dachte wohl nicht, dass ich das ganze Glas sofort austrinke. Mir wurde dann extrem schwindelig. Ich konnte nicht mehr gerade sitzen, und als ich aufstehen wollte, drehte sich alles. Ich habe versucht, normal zu reden, aber was ich sagte, klang nicht so richtig nach mir. Ich klang betrunken. Als wäre ich nicht richtig bei Bewusstsein. Meine Stimme war so weich, verschwommen. Ich würde sagen, dass ich lustiger bin, wenn ich betrunken bin. Ich fange an, richtig krass zu lachen. Und ich bin ehrlicher. Also ich plaudere nicht plötzlich Geheimnisse aus. Aber in oberflächlichen Dingen bin ich ehrlicher, sage sie frei raus, ohne groß darüber nachzudenken. Ich bin durch die Gruppe gegangen und habe jedem Einzelnen mitgeteilt, dass ich sie sehr gerne mag. Wenn ich nüchtern gewesen wäre, hätte ich das wohl nicht getan. Die anderen fanden das voll lustig und haben gelacht.

Nach vielleicht einer Stunde, eineinhalb, musste ich mich in ein Gebüsch übergeben, das war echt nicht mehr cool. Ich wusste nicht, dass es so krass eskalieren kann. Also, ich wusste es schon, aber ich dachte, das passiert bei mir nicht. Weil ich aufpassen wollte, dass ich nicht zu schnell zu viel trinke, ich wollte das Trinken eigentlich über den Abend verteilen. Ich bin eher ein vorsichtiger Mensch. Auch, weil meine Eltern mir sagten, ich solle keinen Alkohol trinken. Und weil ich bei ihnen sehe, dass sie Alkohol nicht so gut vertragen. Meiner Mutter geht es am Morgen oft schlecht, wenn sie abends Wein getrunken hat. Ein bisschen habe ich mich vor meinen Freund:innen dann auch geschämt, weil ich so unkontrolliert getrunken habe. Zum Glück war ich nicht zu Hause, sonst hätte meine Gastmutter es mitbekommen.

Einem anderen Mädchen aus meiner Klasse ging es auch ziemlich schlecht. Die anderen haben sich zurückgehalten, weil sie zwei Abende zuvor richtig gesoffen hatten, da war ich nicht dabei. Bei denen kam dann auch die Polizei, weil die so laut waren oder so. Drum haben sie sich an unserem letzten Abend zurückgenommen und konnten auch auf uns zwei aufpassen, das war voll nett. Später gingen wir alle noch Döner essen, aber ich brachte fast nichts runter. Mir war immer noch übel, am nächsten Tag hatte ich auch ein bisschen Kopfschmerzen. Ich hab am Morgen ein Müsli gegessen, ich hatte so Hunger! Eigentlich war das Trinken eine dumme Idee, weil wir ja am nächsten Tag zurück nach Deutschland flogen. Und ich so: Mir ist übel, und ich setzte mich in ein Flugzeug. Toll! Wir sind mitten in der Nacht zu Hause angekommen, und am nächsten Morgen musste ich zur Schule.

Meinen Eltern habe ich nichts davon erzählt, das wäre mir unangenehm gewesen. Ich will nicht, dass sie denken, ich sei unzuverlässig. Dann dürfte ich zu Hause nicht mehr so viel raus, weil sie Angst um mich hätten. Meiner älteren Schwester habe ich es aber erzählt. Sie war erstaunt, sie musste auch lachen. Sie hätte nicht gedacht, dass ich so viel Alkohol trinken würde. Ich trinke sonst auch gar nicht. Meine beste Freundin und ich gehen zusammen shoppen oder machen Filmabende, wir sind nie auf Partys oder in großen Gruppen unterwegs.

Letzthin war ich aber mit einer anderen Freundin und ihren Freunden in einem Park. Die haben getrunken, aber ich machte nicht mit. Es war nicht der richtige Moment: Es war der Abend unserer Konfirmation, wir hatten eine Party organisiert. Dann kamen ihre Freund:innen, und wir gingen zu viert in den Park. Sie fingen an, Bierball zu spielen: zwei Teams, in der Mitte steht eine Flasche. Man muss versuchen, die Flasche mit einer Bierflasche wegzuschmeißen. Und wenn man sie weggeschmissen hat, muss man sein Bier exen, bevor das Gegenteam die Flasche wieder aufgerichtet hat. Die Mannschaft, die am meisten geext hat, gewinnt. Ich hatte aber ein komisches Gefühl im Bauch und habe nur zugeguckt. Zuerst dachte ich, ich muss jetzt auch mittrinken. Aus Gruppendruck. Bisschen haben sie versucht, mich zu überreden. Aber dann habe ich mich überwunden und gesagt:

Ich will nicht. Ich war sehr froh, dass ich das gesagt habe. Dann ging ich allein zurück zur Party.

Seit Madrid habe ich nicht so viel Lust, nochmals zu viel zu trinken. Dadurch, dass ich das jetzt erlebt habe, ist es für mich ein bisschen erledigt. Vorher wollte ich unbedingt wissen, wie es sich anfühlt. Jetzt habe ich dieses Verlangen nicht mehr und ich kann mich ein bisschen entspannen. Und das Übergeben war echt ein Abturn. Wenn ich nochmals trinke, dann in einer Gruppe von engen Freund:innen. Dann fühle ich mich wohler und sicherer, weil ich weiß, die passen auf mich auf, falls ich die Kontrolle verliere. Gerade auch, weil ich ein Mädchen bin und mich vielleicht schlechter wehren kann, wenn jemand meine Situation ausnutzen will. Allein würde ich nie trinken. Ich finde Alkohol einfach nicht lecker genug. Es geht mir um meine Reaktion, und die ist viel lustiger, wenn andere dabei sind.«

ALKOHOLKONSUM

Im Jahr 2021 haben 8,7 Prozent der 12- bis 17-Jährigen in Deutschland regelmäßig, also mindestens einmal pro Woche Alkohol konsumiert, wie die Bundeszentrale für gesundheitliche Aufklärung ermittelt hat. Im Vergleich zu 21,2 Prozent im Jahr 2004 hat sich der Alkoholkonsum der Jugendlichen deutlich verringert und stellt seit Beginn der Beobachtung im Jahr 1997 den tiefsten Wert dar. In der Schweiz nimmt der Alkoholkonsum zwischen 15 und 24 Jahren stark zu. Jeder vierte Jugendliche zwischen 15 und 19 Jahren gibt an, mindestens einmal im Monat zu viel Alkohol zu trinken.
Österreich gilt im internationalen Vergleich als Land der Vieltrinker. Ökonom:innen der Universität Linz und Passau haben das Trinkverhalten der österreichischen Jugendlichen untersucht. Mit dem 16. Geburtstag, dem Eintritt ins legale Trinkalter, stieg der Alkoholkonsum rasant an – vor allem bei jungen Männern aus ärmeren Milieus. Den Grund dafür vermuten die Forscher:innen weniger im Mindestalter denn in einer grundsätzlichen Haltung: Der Rausch sei in jenem Alter sozial akzeptiert, Eltern würden nicht mehr so genau hinschauen, ob und wie viel die eigenen Kinder trinken.

Queerness

River (18)

»Ich war dreizehn Jahre alt, als ich einer Mitschülerin sagte, ich sei bi, also dass ich mich von Männern, aber auch von allen anderen Geschlechtern angezogen fühle.«

»Meine Geschichte beginnt nicht damit, dass ich mich eines Tages in ein Mädchen verliebt habe und wusste, dass ich auf Frauen* stehe. Es war viel weniger offensichtlich, viel theoretischer. Am Anfang meiner Gymizeit habe ich oft im Internet gesurft, bin auf Memes gestoßen, die das Queersein thematisieren, aber auf lustige Weise. Zum Beispiel sagt ein Gespenst zum anderen: »My son told me he's trans-gender. So that makes me ... trans-parent.« Ein Wortspiel aus transparent, also durchsichtig, und Parent, also Elternteil. Ich habe auf Youtube auch Coming-out-Videos geschaut. Ich hatte Freund:innen, die damals schon wussten, dass sie queer sind. Ich fragte mich, warum ich mich für das Thema Queerness, den LGBTQI-Aktivismus so interessiere. Ist es, weil ich eine Ally, eine Verbündete bin und meine Freund:innen von der Seitenlinie unterstützen will? Oder bin ich wie sie? Ich redete mit den Leuten und merkte, dass ich mich identifizieren konnte mit dem, was sie erzählten. Es machte Sinn, mich selber als Teil der queeren Community zu sehen. Ich fühlte wie sie.

Ich war dreizehn Jahre alt, als ich einer Mitschülerin sagte, ich sei bi, also dass ich mich von Männern, aber auch von allen anderen Geschlechtern angezogen fühle. Sie hat es mega gut aufgenommen. Mir war es wichtig, ein Label zu haben. Etwas, das mich beschreibt, und etwas, womit sich die Leute eine Vorstellung machen können. Etwas

Greifbares, an dem ich mich festhalten konnte. Und auch etwas, das Grenzen setzt. Gerade in diesem Alter sind viele unsicher und brauchen Stabilität. Ich habe lange Zeit das Label bi für mich gebraucht, es hat sehr gut gepasst damals. Ich weihte weitere Freund:innen ein, Leute in der Schule, meine Mutter, bei der ich wohnte. Für sie war es kein Problem, ihr Bruder ist schwul. Irgendwann fragte ich mich, ob es noch stimmt, mich so zu bezeichnen. Ich wusste eigentlich gar nicht, welches Geschlecht mich anzieht. Mit der Selbstbeschreibung als bi gab ich mir die Möglichkeit, mich in alle Geschlechter zu verlieben.

Vor zwei Jahren habe ich mich das erste Mal verliebt. In einen Transmann, der seine Identität damals aber noch nicht offen leben konnte. Wir waren befreundet, aber es wurde nicht mehr daraus, weil er sich nicht bereit dazu fühlte. Wir gingen in die gleiche Schule, er war ein Jahr unter mir. Nachdem ich die Matura gemacht hatte, brauchte ich Abstand. Einen Sommer lang hatten wir keinen Kontakt. Seit er auch an der Uni ist, hören wir uns wieder öfter. Er kann jetzt offener leben, dass er sich als Mann fühlt. Ich glaube, auch deshalb konnten wir uns als Freund:innen wieder näherkommen.

Heute bezeichne ich mich als queer: Das ist viel offener und bietet mir mehr Spielraum zu wachsen. Ich bin älter geworden, erfahrener und muss mich nicht mehr auf eine Definition festsetzen. Queerness kann für jede Person etwas anderes bedeuten. Für mich bedeutet es, dass ich weder cis noch hetero bin, dass ich mich also nicht mit dem Geschlecht identifiziere, das mir bei der Geburt zugewiesen wurde, und dass ich nicht heterosexuell bin. Ich gehe über die gesellschaftlichen Normen hinaus. Mit der Bezeichnung queer zeige ich, dass ich zu einer bestimmten Community dazugehöre. Das ist mir wichtig: Ich bekomme so viel Liebe von diesen Menschen, so viel Wärme. Es ist schön, eine zweite Familie zu haben.

Vor vier Jahren, als ich vierzehn war, machte ich ein Auslandsjahr in Kanada. Ich kam in eine kleine Stadt, aber die Schule dort war mega offen. Ich sah überall Regenbogensticker, es gab einen queeren Schüler:innen-Club. Wer queer war, konnte es offen zeigen. Mein Gastbruder war queer, und ich beobachtete, wie all diese Menschen ihre Queerness leben und damit umgehen. Ich selbst lebte meine Queerness damals nicht offen aus, aber ich war ja auch noch sehr jung.

Als ich nach diesem Jahr in Kanada in meine Klasse zurückkam, merkte ich, dass sich die Leute auch hier verändert haben. Viele haben wie ich im Jahr zuvor eine Entwicklung durchgemacht und realisiert, dass sie queer sind und es auch leben wollen. Wir haben uns gegenseitig bestärkt. In der sechsten Klasse, in unserem letzten Gymijahr, gründete ich mit zwei Mitschüler:innen einen queeren Schüler:innen-Club. Wir wollten einen Ort, wo wir uns treffen und austauschen konnten. Es war ein schwieriger Prozess. Schon in der fünften Klasse hatte ich die Idee, es gab Sitzungen mit der Schulleitung. Später nahm sie ihr Okay zurück, ohne Begründung. Wir gründeten den Club dann doch, wurden aber nicht mehr offiziell von der Schule unterstützt.

Das erste Jahr des Clubs hat super funktioniert. Wir waren ungefähr dreißig Leute und haben uns einmal in der Woche getroffen. Am Anfang haben wir viel vorbereitet, Präsentationen zu bestimmten Themen gemacht. Wir merkten dann, dass die Leute keine Vorträge wollten, sondern miteinander reden, über sich, Bücher, Filme. Wir spielten Spiele, gingen zusammen an den See. Es gab Personen, die nur in diesem Raum andere Pronomen und Namen für sich brauchten. Die Abmachung war, dass alles, was in diesem Raum besprochen wird, auch in diesem Raum bleibt. Und es gab Regeln, dass wir einander mit Respekt begegnen, die Leute ausreden lassen, zuhören. Einmal tauchte plötzlich ein Elternteil auf und suchte nach seinem Kind – auf Instagram hatte jemand von uns die Zimmernummer genannt. Seitdem waren wir vorsichtiger, wie wir die Infos verbreiteten, weil es ja darum geht, einen geschützten Ort zu haben.

Seit einem Jahr bin ich an der Uni. Ich habe hier viel weniger Leute in meinem direkten Umfeld, die queer sind. Ich muss öfters erklären, wer ich bin und was das bedeutet. Zum Beispiel, wenn jemand fragt: Hast du einen Freund? Ich frage mich dann jeweils: Wie viel will ich preisgeben? Ich will nicht überkorrigierend sein und sagen, nein, ich habe keine:n Freund:in. Ich möchte ja niemandem meine Meinung aufzwingen – auch wenn es eigentlich mega normal ist, dass Menschen nicht heterosexuell sind. Vielleicht ist das meine eigene internalisierte Queerfeindlichkeit: Lieber still sein, ja nicht zu extrem. Oder in politischen Diskussionen, etwa über gendergerechte Sprache: Wenn ich meine Überzeugungen formuliere und diese begründen will, dann oute ich mich ja. Meine Kolleg:innen an der Uni sind offen und interessiert, das schätze ich sehr. Ich rede prinzipiell über alles, will keine Tabus. Aber ich muss Aufklärungsarbeit leisten. Die übernehme ich auch gerne, nur halt nicht immer. Es sind intime Informationen über mich, und ich habe nicht immer Lust, mich zu entblößen. Manchmal wühlt es auch auf, das realisieren viele gar nicht. Und eigentlich könnte man ja die vielen Regenbogensticker auf meinem Laptop bemerken und selber draufkommen, dass ich queer bin. Das ist eigentlich selbstredend. Ich finde auch, dass ich einen queeren Style habe: Meine Haare sind pink, an manchen Tagen betone ich meine feminine Seite, an anderen Tagen betone ich meine maskuline Seite. Manchmal benutze ich einen Binder, ein Kleidungsstück, das die Brust flacher macht.

Mit meinem Vater habe ich nie darüber geredet. Wir verstehen uns, sind uns aber nicht besonders nah. Ich glaube, er und seine neue Partnerin vermuten, dass ich queer bin. Ich engagiere mich stark in der LGBTQI-Community, bin Mitglied in verschiedenen Organisationen, bei du-bist-du, queeramnesty. Für die Partnerin meines Vaters bin ich Ansprechperson, weil ihr Patenkind sich als non-binär definiert. Ich erkläre ihr die Bedeutung der LGBTQI-Begriffe, das Hadern mit der eigenen Identität. Aber über mich reden wir nicht. So hat es sich ergeben, ich sehe das ziemlich neutral. Es stimmt für mich so.

Ob es für meine Generation einfacher ist, sich als queer zu outen? Ich glaube, es kommt sehr auf das direkte Umfeld an. Ist es so offen wie meines, macht es vieles leichter. Anlässe wie die Zurich Pride sind wichtig, weil sie niederschwellig sind und ein guter Berührungspunkt mit dem heteronormativen Teil der Gesellschaft. Es kommen ja auch Menschen, die nicht queer sind. Insofern ist die Kommerzialisierung nicht nur schlecht. Aber die Pride darf nicht verlieren, was sie ursprünglich war: ein Protest gegen die herrschenden Verhältnisse.

Wenn ich Coming-out-Geschichten von Menschen höre, die heute zwischen 25 und 30 Jahre alt sind, merke ich schon, dass meine persönliche Geschichte sehr undramatisch ist. Ich habe auch nie Homofeindlichkeit oder Diskriminierung erlebt. Und wenn ich mit Leuten zu tun habe, die heute zwischen 13 und 16 Jahre alt sind, merke ich, dass Queersein für sie viel selbstverständlicher ist, als es für mich damals war.«

SEXUELLE ORIENTIERUNG

In der Schweiz identifizieren sich neuesten Zahlen zufolge mindestens 15 Prozent der unter 20-Jährigen als LGBTQI, also als lesbisch, schwul, bisexuell, trans, queer oder intersexuell. Bezogen auf die sexuelle Orientierung gaben gemäß der Bundeszentrale für gesundheitliche Aufklärung drei Prozent der 21- bis 25-jährigen Frauen* in Deutschland an, gleichgeschlechtlich orientiert zu sein. Bei den Männern waren es fünf Prozent. Sechs beziehungsweise zwei Prozent beschrieben sich als bisexuell. In Österreich bezeichnen sich zehn Prozent der Gesamtbevölkerung als etwas anderes als »ausschließlich heterosexuell«. 48 Prozent von ihnen geben an, aufgrund ihrer sexuellen Orientierung schon einmal Diskriminierung oder Belästigung erfahren zu haben.

Leistung

Luna (15)

»Einmal habe ich nach 22 Uhr noch für eine Prüfung in Algebra gelernt. Am liebsten hätte ich das Mathebuch aus dem Fenster geschmissen.«

»Am Schluss der Schulferien bin ich meistens genervt. Ich war viele Wochen nicht produktiv. Das frustriert mich. Ich muss nicht immer was lernen, aber ich brauche Action: Freund:innen treffen, rausgehen, einkaufen, das hilft. Einen ganzen Tag rumgammeln, macht mich total rastlos. Ich mag es nicht, unterfordert zu sein. Seit dem Kindergarten bin ich an einer internationalen Schule. Die Schule haben uns Freund:innen meiner Eltern empfohlen, deren Kinder waren schon da. Unsere Unterrichtssprache ist Englisch und unsere Abschlusstests werden nach Cambridge geschickt. Mit meinem Abschluss wird es leichter, an einer Uni außerhalb von Deutschland zu studieren.

Wird in der Schule ein Test angesagt, bekomme ich den inneren Druck, dass ich viel lernen möchte. In meinem Planer, den ich mir selbst gestaltet habe, probiere ich jeden Tag runterzuschreiben, was ich machen muss. Ich nehme mir vor, früh mit dem Lernen zu beginnen, aber meistens verschiebt sich alles nach hinten. Steht am Montag ein Wissenschafts- und Mathetest und am Mittwoch ein Französischtest an, lerne ich intensiv Mathe und beginne bereits ein bisschen mit Französisch.

In Fächern, von denen ich weiß, dass ich die beste Note erreichen kann, in Englisch oder Deutsch zum Beispiel, probiere ich die Bestnote – eine 1 – zu erreichen. Und in Fächern, in denen ich nicht so gut bin, wie in Mathe oder Wissenschaft, und in denen ich normalerweise eine 2 schreibe, versuche ich trotzdem meinen Standard zu erreichen. Das heißt, die beste Note.

Zum Ende des Schuljahres hatte ich einen Notendurchschnitt von 1,0. Ich habe das Potenzial, gut zu sein, und ich wäre super frustriert mir selbst gegenüber, wenn ich dieses Potenzial nicht ausschöpfen würde.

Diesen hohen Standard zu haben, ist manchmal auch nervig. Stehen alle Tests in derselben Woche an, lerne ich nach der Schule jeden Abend bis 22 Uhr. Bin ich durch mit einem Test, lerne ich schon für den nächsten. In dieser Zeit bin ich total deprimiert. Meinen ganzen Tag widme ich der Schule und gehe nicht ins Kickboxen oder Muay Thai (eine Kampfkunst aus Thailand). Die einzige Zeit, die ich für mich habe, ist, wenn ich abends ins Bett gehe. An diesen Tagen schlafe ich spät ein und bin am nächsten Tag müde und viel schneller genervt. Ich reagiere zickig, bin gereizt und kann mich über Kleinigkeiten aufregen.

Einmal habe ich nach 22 Uhr für eine Prüfung in Algebra gelernt und am Schluss war ich total verwirrt, am liebsten hätte ich das Mathebuch aus dem Fenster geschmissen. Ich weiß nicht, woher das kommt. Es ist kein Druck von außen, eher von innen. Meine Eltern haben mir da gesagt, ich solle aufhören zu lernen und mich nicht so stressen. Die balancieren mich immer wieder aus und unterstützen mich. Glücklicherweise habe ich nicht die Angst, die Schule nicht zu bestehen. Vielleicht ist es jedes Mal nur die Angst, dass der Test komplett in die Hose gehen könnte. Mein älterer Bruder war auf derselben Schule und sagt, ich solle mehr chillen. Er war kein Überflieger, aber bei ihm lief trotzdem alles gut, und er hat nicht nur den Abschluss geschafft, er hat sogar mit guten Noten abgeschlossen. Ich denke dann: Im Leben geht es um mehr als nur um die Schule. Und mal ehrlich, wen interessiert es später, ob ich in der neunten Klasse im Mathetest eine zwei oder eins geschrieben habe?

Der Druck war nicht immer da. In der neunten Klasse sind die Anforderungen massiv gestiegen, und mit diesen wuchs der Druck. Meiner besten Freundin geht es ähnlich. Wir verstehen einander, wenn wir wegen anstehender Tests gestresst sind, und können uns beieinander beschweren, wie nervig die Schule ist. Es ist schön, nicht die Einzige zu sein, die ambitioniert ist. Aber manchmal kann auch das schwierig werden. Bekommt sie die bessere Note, vergleiche ich mich mit ihr, werde neidisch. In diesen Momenten versuche ich, meinen Neid zu ignorieren. Sie ist nicht schuld, dass ich schlechter abgeschnitten habe. Und ich will mich für sie freuen und ihr nicht meinen Frust ins Gesicht schieben. Das kommt zum Glück aber selten vor, unsere Noten sind sehr oft identisch.

Vor den Sommerferien habe ich das erste Mal in die Arbeitswelt geschaut. In meiner Schule müssen alle in der neunten Klasse ein zweiwöchiges Praktikum absolvieren. Eine Freundin war in einem Brautkleiderladen. Ich machte mein Praktikum in einer internationalen Anwaltskanzlei. Das Office von denen war richtig *nice*. Ein *fancy* Gebäude, bodentiefe Fenster, ein hübscher Ausblick auf das urbane Berlin, ein Chip, um alle Türen aufzumachen, Wasser und Süßgetränke, so viel man wollte, es gab sogar eine Nintendo Switch zum Spielen. Und etwas vom Besten war, dass ich morgens anfangen durfte, wann ich wollte. Für mich, die immer zu spät kommt, war das toll. Ich kann Pünktlichkeit nicht. Am Morgen fällt es mir schwer, aus dem Bett zu kommen. Meine Mama war als Jugendliche so, mein Vater und mein Bruder kommen auch immer zu spät. Wir sind die Familie der chronischen Zuspätkommer:innen.

Während meines Praktikums habe ich einmal verschlafen und bin total gestresst nach 11 Uhr auf der Arbeit aufgetaucht. Es hat aber niemanden gestört. Die Mitarbeitenden waren alle interessiert an mir, fürsorglich und super nett.

Nur die Arbeit, die ich die ersten zwei Tage machen musste, war Horror. Ich wäre am liebsten vom Praktikum gefeuert geworden. Zum Glück hat meine beste Freundin das gleiche Praktikum wie ich gemacht, ansonsten weiß ich nicht, wie ich das überlebt hätte.

Wir mussten alle Organisationen raussuchen, die etwas mit Umweltschutz zu tun haben oder von einer Frau geführt werden. Das war die langweiligste Arbeit, die ich je in meinem Leben gemacht habe. Wir saßen den ganzen Tag da und haben nur Informationen in ein Excel-Spreadsheet getippt wie Roboter. Ich habe gemerkt, dass mein Gehirn eine Herausforderung braucht, sonst werde ich unruhig und bin frustriert. Ich fand es aber sinnvoll zu wissen, welche Start-ups von Frauen* geführt werden. Das hat mich inspiriert.

Für die Schule bereite ich gerade eine Präsentation vor, in der es um das Thema Feminismus und Gender Equality geht. Ich habe das Glück, an einer Schule zu sein, an der wir Mädchen* gleich behandelt werden wie die Jungs, doch in der Arbeitswelt sieht das anders aus. Die Erwartungen an Frauen* sind nicht dieselben wie an die Männer, das habe ich in der Grundschule gelernt, das war in der vierten oder fünften Klasse. Das Fach hieß *Unit*, und wir sprachen auch über *Gender Roles*. Von uns Frauen* wird erwartet, dass wir immer alles perfekt machen. Ich denke, das hat schon auch auf mich abgefärbt.

Wenn es um die Besetzung höherer Positionen geht, seien die Männer anscheinend die natürlichen Autoritätspersonen, heißt es. Das haben wir bei den Präsidentschaftswahlen in den USA gesehen. Als Hillary Clinton und Donald Trump kandidierten, dachten viele, eine Frau könne nicht Präsidentin der USA werden.

Für mich sind alle meine Familienmitglieder Vorbilder, doch von meiner Mutter hab ich mir was Besonderes abgeschaut: Immer schön alles durchzuziehen. Sie macht immer weiter. Auch wenn sie als Psychotherapeutin viele Patient:innen hat, hört sie jeder einzelnen Person aufmerksam zu. Wenn sie sich mal kränklich fühlt, geht sie trotzdem zur Arbeit. Auch wenn sie müde ist. Das will ich ebenfalls, ich finde es eine Qualität, hart arbeiten zu können, aber es ist auch wichtig, seine Grenzen zu kennen.

Von meinem Papa habe ich das Temperament. Er zeigt mir, wie ich damit umgehen kann. Regen mich meine Freunde auf, weiß ich, was ich tun muss, um mich zusammenreißen zu können. Für ein paar Minuten setze ich mich von ihnen ab, sage mir, dass ich wütend sein darf, und höre das Lied *Brainstorm* von den Arctic Monkeys. Das holt mich wieder runter.

Was ich später werden will? Keine Ahnung. Sicher nichts mit Business und Economics, damit habe ich während meines Praktikums abgeschossen. Alles, was sich um Geld dreht, gibt mir persönlich keinen Sinn. Und den ganzen Tag in den Computer starren und mit Klient:innen telefonieren, finde ich nicht super interessant. Studieren möchte ich auf alle Fälle, um einen anspruchsvollen Job zu bekommen. Und wenn meine Arbeit Menschen hilft, kann ich mir vorstellen, dass auch ich zufriedener bin.«

ANGST, ES NICHT ZU SCHAFFEN

Überforderung, schulischer Leistungsdruck, belastende Beziehung mit Lehrpersonen oder Mitschüler:innen können Stress auslösen. Der Stress gehört zum Alltag von vielen jungen Menschen, das zeigen verschiedene Studien. Der Stress mache sich oft im Körper bemerkbar: Kopf- und Bauchschmerzen, Schlafprobleme, Müdigkeit, Herzklopfen, Händezittern, Schwindel, Appetitlosigkeit, Übelkeit. Junge Menschen, die unter Stress leiden, sind oft wütend, traurig, erschöpft, ängstlich, überfordert, haben Schuldgefühle oder Angst zu versagen, wie die Schweizer Kinder- und Jugendstiftung Pro Juventute schreibt.

Geld

Mia (18)

»Geld spielt eine große Rolle in meinem Leben. Es schränkt mich ein.«

»Vor drei Jahren habe ich mit der Lehre als Köchin begonnen. Im ersten und zweiten Lehrjahr verdiente ich recht wenig, ungefähr 342 bis 363 Euro im Monat. Ich musste meiner Mutter jeden Monat 200 Euro abgeben. Jetzt, im dritten Lehrjahr, verdiene ich ungefähr 860 Euro im Monat. 500 Euro überweise ich meiner Mom, also bleiben mir noch 360 Euro jeden Monat. Davon bezahle ich Netflix, Spotify, Amazon Crime, Essen und Trinken, Kleider, Zigaretten. Meine Mutter übernimmt meine Handyrechnung, und fürs Wohnen muss ich ihr auch nichts abgeben. Sie arbeitet als Pflegefachassistentin und verdient ungefähr 2000 Euro im Monat. Vor wenigen Jahren hat sie die Wohnung gekauft, in der wir und meine kleine Schwester leben. Das Geld, das ich meiner Mutter abgebe, hebt sie für mich auf. Sie ist Asiatin, und alle Asiat:innen, die ich kenne, sind sehr sparsam. Sie will, dass ich später genug habe. Es ist gut, dass sie das macht. So spare ich wenigstens auf eine Wohnung. Nur im Moment ist es manchmal blöd für mich.

Es gab schon Streit, weil ich ihr das Geld abgeben muss. Meine Mutter wollte auch mein Geburtstags- und mein Weihnachtsgeld haben, das mir meine Verwandten jedes Jahr schenken. Da kommen zwei- bis dreihundert Euro zusammen. Aber ich habe das Geld nicht hergegeben. Sie hat es dann irgendwann akzeptiert, dass ich es behalten möchte. Ich kann doch nicht nur sparen. Aber es stimmt schon, das Geld, das ich zur Verfügung habe, gebe ich eh immer aus. Für Bars, Clubs. Kürzlich habe ich mir mit drei Freund:innen in Tschechien zwei Tattoos für 120 Euro stechen lassen. Eines Abends sagte der eine Freund: Jo, lass uns doch alle zusammen tätowieren. Wir hatten ein paar Tage Zeit für Motivideen. Dann fuhren wir an einem Wochenende los, von Wien sind es vielleicht ein, zwei Stunden Autofahrt. Ich habe mir ein Kätzchen stechen lassen, das eine Brofist gibt, eine Faust zur Begrüßung. Die Katze war das Lieblingstier meines Vaters. Er ist vor meiner Geburt gestorben. Und ein Herz, das meine Oma gezeichnet hat. Sie ist vor ein paar Monaten gestorben.

Am meisten Geld gebe ich sicher fürs Mittagessen aus dem Supermarkt aus, und für die Tschicks, die Zigaretten. Seit einem Jahr rauche ich regelmäßig. Keine Ahnung, wie viel Euro pro Monat ich dafür ausgebe, meistens kaufe ich die Zigaretten auf Vorrat. Ein Päckchen meiner Lieblingsmarke kostet 5,80 Euro. Ich komme mit einem Packerl drei bis vier Tage aus. Neuerdings nehme ich auch noch Snus, diese Tabakpäckchen, die man sich zwischen Wange und Zahnfleisch klemmt. Snus ist ähnlich teuer wie die Zigaretten, nur kann ich Snus auch zu Hause im Zimmer konsumieren und muss nicht, wie für eine Tschick, runter in den Hof. Oder ich nehme Snus während der Arbeit in der Küche.

Ich komme nicht wirklich gut durch mit dem Geld. In manchen Monaten geht es, dann schaue ich auf meinem Konto nach und sehe, dass ich noch 30, 50 Euro habe. Ich denke dann: Warum habe ich denn noch so viel Geld übrig? In den meisten Monaten bin ich praktisch auf null. Ich merke das, weil ich regelmäßig auf mein Konto schaue. Ich habe die App meiner Bank auf dem Handy. Ich war auch schon um ein paar Cents im Minus, obwohl es von meiner Bank eigentlich hieß, dass das mit meinem Jugendkonto nicht möglich sei.

Wenn ich weiß, dass das Geld knapp wird, schaue ich noch öfter den Kontostand nach. Keine Ahnung, was ich dann machen soll. Geld ist etwas, das ich brauche. Und wenn ich es nicht habe, muss ich halt verzichten. Dann bleibe ich an den Wochenenden zu Hause, schaue Serien oder Filme, bin auf Tiktok, während meine Freund:innen in den Club gehen.

Wir sind zu viert in unserer Freundesgruppe. Ich habe am wenigsten Geld. Die anderen verdienen mehr, zwei Freunde sind im Zivildienst, eine Freundin arbeitet in einem Hotel. Sie müssen zu Hause viel weniger abgeben als ich. Ihnen wird der Lohn Ende des Monats überwiesen, meiner kommt Anfang des neuen Monats. Meine Freund:innen haben fast doppelt so viel Geld wie ich. Sie zahlen oft für mich: Kinokarten, Popcorn, Getränke, Benzin, hin und wieder Essen. Manchmal, wenn sie etwas unternehmen wollen, sage ich, dass ich dafür kein Geld habe. Ich schäme mich deswegen. Sie springen dann ein und sagen: Es ist ein Geben und Nehmen. Ich versuche, ihnen etwas zurückzugeben, zahle mal eine Runde Shots im Club oder besorge ein Sechserpack Bier. Sie erwarten das aber nicht von mir. Aber ich will auch mal großzügig sein können. Ich merke ja, wie viel sie für mich zahlen und wie wenig ich zurückgeben kann.

Ich leihe selten Geld aus. Aber einmal habe ich mir für ein Konzert der deutschen Rapperin Badmómzjay Geld geborgt, eine Karte kostete 70 Euro. Ich wollte einem Freund ein Ticket zum Geburtstag schenken. Ein anderer Freund kaufte die Tickets, ich schuldete ihm 140 Euro. Ich fragte ihn, ob es okay sei, wenn ich das Geld in Raten zurückzahle. Er sagte, das sei kein Problem. Eine Woche später hatten wir in unserer Vierergruppe eine Intervention: Wir redeten darüber, was alles nicht okay ist. Die anderen sagten, dass sie nicht immer für mich zahlen können. Jemand meinte, dass man seine Schulden zurückzahlen soll, sobald man wieder Geld hat. Und dass sie nicht ständig Rücksicht nehmen wollen, ob ich grad Geld habe oder nicht. Ich versprach, dass ich meine Mutter um Geld bitten werde. Sie gab mir den Betrag von dem Geld, das sie für mich spart. Ich habe es meinem Freund sofort überwiesen. Seit dem Streit haben wir weniger Kontakt.

Geld spielt eine große Rolle in meinem Leben. Es schränkt mich ein. Das stresst mich bisserl, so wie kürzlich. Ich habe verschlafen und musste ein Taxi in die Schule nehmen, weil ich mit der S-Bahn zu spät gekommen wäre. Das hat mich 18 Euro gekostet. Geld, das ich beim Mittagessen einsparen muss. Oder am Wochenende in der Bar oder im Club.

Bevor ich ausgehe, lege ich einen Betrag fest, den ich an jenem Abend ausgeben darf. Wenn ich in der Bar bin, blättere ich durch die Getränkekarte und rechne mit meiner Taschenrechner-App aus, wie viele Getränke ich kaufen darf. Für jeden Drink, den ich bestelle, tippe ich den Betrag in den Taschenrechner ein und rechne alles zusammen. Sobald mein Limit erreicht ist, weiß ich, für heute ist fertig. Oft trinke ich langsam, damit ich mehr vom Abend habe. Mein Limit ist unterschiedlich, je nach Kontostand. Wenn ich knapp bin, trinke ich an einem Abend ein bis zwei Bier. Oder einen Cocktail in der Happy Hour. Ich bleibe aber meistens bis zum Schluss: Die Bars machen gegen zwei Uhr morgens zu.

Früher bin ich mit meiner Mutter viermal im Jahr in den Primark gefahren, wo wir für 100 Euro oder mehr Kleider für mich eingekauft haben. Aber jetzt muss ich selbst für die Klamotten bezahlen, und oft fehlt mir das Geld dafür. Weil ich übergewichtig bin, interessieren mich Markenklamotten weniger. Ich würde da gar nicht reinpassen. Am liebsten trage ich Jogginghose, auch bei der Arbeit in der Küche. Sieht mich ja eh keiner. Für Unterwäsche gebe ich regelmäßig Geld aus. Aber ich shoppe nicht oft. Wenn ich shoppe, will ich Geld rausballern können!

Es gibt viele Dinge, die ich gerne haben würde. Ein eigenes Auto, eine Wohnung für mich allein. Ein Safe Space nur für mich. Wenn ich die Lehre abgeschlossen habe, werde ich den Führerschein machen. Ich weiß gar nicht, wie viel ich verdienen werde, wenn ich ausgelernt bin. Kommt auch auf den Betrieb an, in dem ich dann arbeite. Vielleicht 1500 Euro im Monat? Am liebsten will ich noch eine Lehre als Confiseurin anhängen, die zwei Jahre dauert. Während Corona habe ich viel gebacken, und ich mag allgemein Süßspeisen. Wenn die zweite Lehre abgeschlossen ist, kann ich mir in drei, vier Jahren eine eigene Wohnung suchen. Darauf freue ich mich. Ich werde dann meiner Mutter auch kein Geld mehr abgeben müssen.«

LEHRLINGSLÖHNE

Die 14- bis 24-Jährigen in Deutschland hatten im Jahr 2021 durchschnittlich 720 Euro im Monat zur Verfügung, wie eine Studie des Bundesverbands deutscher Banken ergab. In Österreich verdienen Lehrlinge über alle drei bzw. vier Lehrjahre hinweg durchschnittlich 1679 Euro im Monat. In der Schweiz liegen die durchschnittlichen Lehrlingslöhne im ersten Jahr zwischen 500 und 700 Franken pro Monat, im zweiten Jahr zwischen 700 und 900 Franken, im dritten Lehrjahr zwischen 900 und 1100 Franken. Allerdings unterscheiden sich die Löhne je nach Branche stark voneinander: Ein:e Jugendliche:r verdient als Goldschmied im ersten Jahr 450 Franken im Monat. Ein Kochlehrling verdient im selben Jahr bereits 1020 Franken.

NACHWORT

Das vorliegende Buch will jungen Menschen in der Schweiz, Deutschland und Österreich eine Stimme geben. Junge Männer werden in der medialen Öffentlichkeit oft als Problem wahrgenommen: als Raser, als pöbelnde Gewalttätige, als Hooligans. Junge Frauen* werden nicht wahrgenommen. In diesem Buch sollen sie das Wort haben.

Erwachsenwerden ist ein fragiler Prozess, geprägt von Unsicherheiten und Fragen. Erwachsenwerden ist ein Zwischenzustand: Man ist kein Kind mehr, aber noch keine erwachsene Person. Unsere Gespräche sind Momentaufnahmen aus dem Leben von Aischa, Anna, Betty, Camilla, Elena, Eva, Fabienne, Julia, Karina, Lana, Leticia, Liv, Luna, Lupi, Maja, Mia, Olga, River und Yuri. Die Ausschnitte zeigen, dass junge Menschen politisch und sozial engagiert und zugleich verträumt und sprunghaft sein können. Junge Menschen bauen ihre eigene Welt und sind stets mit der Erwachsenenwelt konfrontiert.

Wir haben mit den Interviews im November 2020 begonnen und sie im Frühling 2023 abgeschlossen. Bei den vorliegenden Texten handelt es sich um O-Töne, wir haben an der Sprache der jungen Menschen kaum etwas verändert. Lediglich dann, wenn es zum besseren Verständnis beigetragen hat.

Wir möchten uns bei Aischa, Anna, Betty, Camilla, Elena, Eva, Fabienne, Julia, Karina, Lana, Leticia, Liv, Luna, Lupi, Maja, Mia, Olga, River und Yuri für ihr Vertrauen und ihre Zeit bedanken. Wir danken Linda Bär, Samuel Burgener, Alexandra Holbein und Sonja Slongo Müller für das kritische und wohlwollende Gegenlesen. Wir danken Migros Kulturprozent und Ellen Ringier für die großzügige finanzielle Unterstützung, und wir danken dem Kein & Aber Verlag, der dieses Buch möglich gemacht hat. Nicht vergessen möchten wir an dieser Stelle all unsere Freund:innen und Weggefährt:innen, die uns mit ihren Erlebnissen und Gedanken bereichern und prägen.

ANHANG

Hier findest du Hilfe:

ALLGEMEIN
147.ch
telefonseelsorge.at
juuuport.de

IDENTITÄT
du-bist-du.ch
regenbogenportal.de
courage-beratung.at

SOCIAL MEDIA
jugendundmedien.ch
Telefonseelsorge Österreich 142 (ohne Vorwahl)
juuuport.de

SEXUALITÄT
profamilia.de
sexuelle-gesundheit.ch
feel-ok.at
firstlove.at

SEXUELLE BELÄSTIGUNG
schlupfhaus.ch
profamilia.de
sexuellegewalt.at

HÄUSLICHE GEWALT
opferhilfe-schweiz.ch/de/wo-finde-ich-hilfe/
gewalt-ist-nie-ok.at
Hilfetelefon Gewalt gegen Frauen: 08000116016

NINA KUNZ
Ich denk, ich denk zu viel

»In Zeiten des immerwährenden Irrsinns:
Geschichten, um die Zustände um und in
uns besser zu ertragen.«
Sibylle Berg

Was sollen diese ewigen Gedankenschlaufen? Was haben schlaflose Nächte auf Instagram zu bedeuten? Und wie kann Jean-Paul Sartre bei Panikattacken helfen? Persönlich und präzise schreibt Nina Kunz – Schweizer Kolumnistin des Jahres 2020 – über das Unbehagen der Gegenwart und geht der Frage nach, warum sich ihr Leben, trotz aller Privilegien, oft so beklemmend anfühlt. Ein Buch über Leistungsdruck, Workism, Weltschmerz, Tattoos, glühende Smartphones, schmelzende Polkappen und das Patriarchat.

Sachbuch
Gebunden, 192 Seiten
ISBN 978-3-0369-5843-9

Auch als eBook erhältlich
www.keinundaber.ch

ANNABELLE HIRSCH
Die Dinge. Eine Geschichte der Frauen
in 100 Objekten

»Ein fantastisches Kuriositätenkabinett, das die Rolle der Frauen in der Geschichte neu denkt. Lehrreich, witzig: ein Vergnügen!«
Leïla Slimani

Es gibt unzählige Möglichkeiten, eine Geschichte der Frauen zu erzählen, diese hier tut es anhand von Objekten. Hundert Gegenstände des Alltags, der Mode, der Medizin, der Kunst, leise und laute Objekte, solche, die vom Freiheitsdrang und der Rebellion der Frauen zeugen, aber auch solche, die für die Mythen und Normen stehen, mit denen man sie schon immer kleinhalten wollte. Annabelle Hirsch schafft einen Kosmos der Frauen und ihrer Dinge.

Sachbuch
Gebunden, 416 Seiten
ISBN 978-3-0369-5880-4

Auch als eBook erhältlich
www.keinundaber.ch

MIGROS
Kulturprozent